KB268347

꼬마 니콜라의 쉬는 시간

장 자크 상페 그림   르네 고시니 글

꼬마 니콜라의 쉬는 시간

문학동네

차 례

퇴학당한 알세스트

학교에서 엄청난 일이 일어났다. 알세스트가 퇴학당한 거다!

두번째 시간이 끝나고 쉬는 시간.

우리는 여럿이서 사냥꾼 놀이를 하고 있었다. 어떻게 하는 건지는 여러분도 잘 알 거다. 공을 가진 아이가 바로 사냥꾼이다. 사냥꾼이 공으로 다른 애들을 맞추고, 그러면 공을 맞은 애는 울고 나서 사냥꾼이 되는 거다. 아주 재미있다. 하지만 같이 안 논 애들도 몇 명 있었다. 조프루아, 아냥, 알세스트였다. 조프루아는 결석을 해서 같이 놀 수 없었고, 아냥은 쉬는 시간엔 항상 복습을 하기 때문에 놀 수 없었고, 알세스트는 잼

바른 빵을 먹느라 놀 수 없었다. 알세스트는 두번째 쉬는 시간엔 항상 큰 빵을 먹는다. 두번째 쉬는 시간이 다른 쉬는 시간보다 좀더 길기 때문이다.

사냥꾼은 외드였다. 자주 있는 일은 아니었다. 외드는 힘이 아주 세기 때문에 애들은 그애를 맞추지 않으려고 한다. 힘센 외드가 사냥꾼이 되면 정말 골치 아프게 되니까 말이다. 어쨌든 외드는 클로테르를 겨냥했고, 클로테르는 머리를 감싸쥐고 땅바닥에 엎드렸다. 공이 클로테르 머리 위를 지나서 슝! 날아가 알세스트의 등에 맞았다. 그 바람에 알세스트는 들고 있던 빵을 놓쳐버렸다. 알세스트는 화가 나서 소리를 지르기 시작했다. 학생주임인 부이옹 선생님이 무슨 일이 일어났나 보러 왔다. 선생님은 빵은 보지 못했다. 바로 선생님이 밟았으니까 말이다. 선생님은 빵 때문에 미끄러질 뻔했고, 구두에 잼이 잔뜩 묻어 있는 걸 보고는 깜짝 놀랐다. 알세스트는 팔을 휘두르며 울어댔다.

"이 나쁜 놈아! 발 밑에 뭐가 있는지도 안 보여?"

알세스트는 정말 엄청 화가 났다. 알세스트의 먹을 걸 가지고는 절대 장난치면 안 된다. 특히 두번째 쉬는 시간에 먹는 잼 바른 빵은 말이다. 부이옹 선생님은 기분이 좋지 않은 것 같았다.

"내 눈을 똑바로 봐. 너 지금 나한테 뭐라고 했어?"

선생님이 알세스트에게 물었다.

"나쁜 놈이라고 했어요, 젠장! 선생님은 내 빵을 밟을 권리가 없단 말이에요."

알세스트가 소리쳤다.

부이옹 선생님이 알세스트의 팔을 잡고 끌고 갔다. 선생님 구두에 묻은 잼 때문에 걸을 때마다 찍찍 소리가 났다.

그때 무샤비에르 선생님이 수업 시작 종을 쳤다. 무샤비에르 선생님은 새 학생주임인데, 이 선생님한테 어울리는 우스운 별명은 아직 붙이지 못했다. 우리는 교실로 들어갔지만, 알세스트는 돌아오지 않았다. 담임 선생님은 깜짝 놀랐다.

"알세스트는 어디 갔니?"

선생님이 우리에게 물었다.

우리가 동시에 대답을 하려고 하는데, 교실 문이 열리더니 교장 선생님이 부이옹 선생님과 알세스트를 데리고 들어왔다.

"일어서!"

담임 선생님이 구령을 붙였다.

"앉아!"

교장 선생님이 말했다.

교장 선생님은 안색이 좋지 않았다. 부이옹 선생님도, 알세스트도 마찬가지였다. 알세스트는 눈에 눈물이 가득 찬 채 퉁퉁 부은 얼굴로 코를 훌쩍거렸다.

"여러분, 여러분의 친구가 부이…… 아니 뒤봉 선생님에게 있을 수 없는 무례한 행동을 했어요. 나는 윗사람에 대한 존경심의 결여에 대해서는 변명의 여지가 없다고 생각해요. 따라서 여러분의 친구는 퇴학을 당할 거예요. 알세스트는 자기가 한 일이 부모님께 얼마나 큰 걱정을 끼쳐드릴지를 전혀 생각지 못했어요. 알세스트가 잘못을 뉘

우치고 태도를 고치지 않는다면, 아마 감옥에 가게 될 거예요. 그것이 모든 불한당들의 피할 수 없는 운명이에요. 이 일이 여러분들에게도 교훈이 되었으면 좋겠어요!"

교장 선생님이 말했다. 그리고 나서 교장 선생님은 알세스트에게 소지품을 챙기라고 했다. 알세스트는 울면서 소지품을 챙긴 다음 교장 선생님, 부이옹 선생님과 함께 나갔다.

우리는 무척 슬펐다. 담임 선생님도 마찬가지였다.

담임 선생님이 어떻게 해보겠다고 우리에게 약속했다. 우리 선생님은 그래도 멋진 선생님인 것 같다. 수업을 마치고 밖으로 나와보니, 알세스트가 길모퉁이에 서서 작은 초콜릿빵을 먹으며 우리를 기다리고 있었다. 가까이 다가가 보니, 굉장히 슬퍼 보였다.

"너 아직 집에 안 갔어?"

내가 물었다.

"그럼, 당연하지. 하지만 이젠 갈 거야. 점심 먹을 시간이니까. 내가 장담하는데, 우리 엄마 아빠한테 이 일을 말하면 분명히 디저트를 못 먹게 할 거야. 아! 어떡하지, 정말."

알세스트는 이렇게 말하고 나서 뭐라고 좀더 중얼대더니 다리를 질질 끌며 집으로 갔다. 우리가 볼 때 알세스트는 먹어야 하기 때문에 할 수 없이 집으로 가는 것 같았다. 불쌍한 알세스트, 우리는 알세스트가 참 안됐다고 생각했다.

오후에 알세스트네 엄마가 학교로 왔다. 기분이 아주 안 좋아 보였고, 한쪽 팔로는 알세스트를 꼭 붙잡고 있었다. 알세스트는 엄마와 함께 교장실로 들어갔고, 조금 있다가 부이옹 선생님도 따라 들어갔다.

쉬는 시간만큼 시간이 흘렀을까, 교장 선생님이 활짝 웃는 표정으로 알세스트를 데리고 교실로 들어왔다.

"일어서!"

담임 선생님이 구령을 붙였다.

"앉아!"

교장 선생님이 말했다.

교장 선생님은 알세스트에게 기회를 주기로 했다고 설명했다. 아들이 불한당이 되고, 결국 감옥에 가게 될 거라는 생각에 너무도 상심해하는 알세스트의 부모님을 고려해 그렇게 결정했다고 했다.

"여러분의 친구는 뒤봉 선생님에게 사과를 했고, 뒤봉 선생님은 고맙게도 그 사과를 받아들였어요. 나는 여러분의 친구가 이 관대한 조치에 대해 감사하기를 바라고, 또한 이번 경고를 통해 큰 교훈을 얻었으리라고 생각해요. 알세스트는 오늘 저지른 행동, 오늘 저지른 큰 잘못에 대해 사죄해야 할 거예요, 그렇지?"

교장 선생님이 말했다.

"아…… 예."

알세스트가 대답했다.

교장 선생님은 알세스트를 바라보더니, 입을 벌리고 한숨을 내쉰 후 교실 밖으로 나갔다.

우리는 기분이 좋아져서 다같이 한꺼번에 말을 하기 시작했다. 담임 선생님이 자로 교탁을 여러 차례 두드리고 나서 말했다.

"모두 앉아. 알세스트도 네 자리로 가서 얌전히 앉아라. 클로테르는 칠판 앞으로 나오고."

잠시 후에 쉬는 시간을 알리는 종이 울렸다. 우리는 다같이 운동장으로 내려갔다. 질문을 받을 때마다 벌을 서는 클로테르만 빼고 말이다. 우리는 운동장에서 치즈 샌드위치를 먹고 있는 알세스트에게 교장실에서 무슨 일이 있었냐고 물었다. 그때 부이옹 선생님이 왔다.

"자, 자, 알세스트 좀 가만히 놔둬. 오늘 아침 일은 다 끝난 일이야. 그만 하고 놀아, 어서."

부이옹 선생님이 말했다. 그러면서 부이옹 선생님은 맥상의 팔을 붙들었다. 그러는 바람에 맥상이 알세스트의 몸을 밀게 되었고, 알세스트의 치즈 샌드위치가 땅에 떨어졌다.

알세스트는 부이옹 선생님을 노려보더니 얼굴이 시뻘게져서 팔을 휘두르며 소리를 질렀다.

"빌어먹을, 이 나쁜 놈! 믿을 수가 없어. 또 그랬잖아! 정말 구제불능이야."

으젠 삼촌의 코

오늘 아빠가 학교에 데려다주었다. 나는 아빠랑 같이 다니는 게 정말 좋다. 사고 싶은 걸 사라고 돈을 주기 때문이다. 이번에도 역시 예상대로였다. 장난감 가게 앞을 지나고 있는데, 유리창 안으로 친구들과 갖고 놀면 아주 재미있을 것 같은, 마분지로 만든 빨간 장난감 코가 보였다.

"아빠, 나 저 코 사줘요."

내가 말했다. 하지만 아빠는 안 된다고 했다. 장난감 코 같은 건 필요 없다는 거였다. 그래도 나는 커다란 장난감 코를 가리키며 계속 졸랐다.

"아이, 아빠, 나 저거 사줘요. 저걸 쓰면 사람들이 으젠 삼촌 코 같다고 할 거예요."

으젠 삼촌은 아빠의 동생이다. 으젠 삼촌은 몸집이 아주 크고, 허풍을 잘 떨고, 항상 웃는 얼굴을 하고 있다. 하지만 으젠 삼촌을 자주 볼 수는 없다. 삼촌은 리옹, 클레르몽페랑, 생테티엔 같은 아주 먼 곳으로 여행을 다니며 물건을 팔기 때문이다. 내 말을 들은 아빠는 웃기 시작했다.

"맞아. 네가 저걸 쓴 걸 사람들이 보면 작은 으젠이라고 할 거야. 다음번에 으젠이 오면 으젠한테도 한번 씌워봐야겠다."

아빠가 말했다.

우리는 가게 안으로 들어가서 장난감 코를 샀다. 실제로 보니 플라스틱으로 만들어져 있었다. 나는 장난감 코를 써봤다. 아빠도, 가게 아줌마도 써봤다. 그리고 나서 모두 함께 거울을 보았다. 정말 웃겼다. 여러분도 봤다면 분명히 그렇게 생각했을 거다. 아빠가 특히 더 웃겼다.

나를 교문 앞에 데려다주면서 아빠가 말했다.

"오늘은 특별히 더 얌전하게 지내야 돼. 으젠 삼촌 코 갖고 장난치면 안 된다."

나는 그러겠다고 약속하고 학교 안으로 들어갔다. 운동장에 친구들이 보였다. 친구들에게 보여주려고 장난감 코를 썼더니, 모두 웃어대며 좋아했다.

"우리 클레르 고모 코 같애."

맥상이 말했다.

"아니야. 이건 우리 으젠 삼촌 코야. 으젠 삼촌은 탐험가라구."

내가 말했다.

"그 코 나 빌려줄래?"

외드가 내게 물었다.

"싫어. 장난감 코가 갖고 싶으면 너도 네 아빠한테 하나 사달라고 하면 되잖아!"

내가 대답했다.

"안 빌려주면 코에다 한 방 날려줄 거야!"

외드가 으르렁댔다. 외드는 힘이 아주 세다. 퍽! 외드가 주먹으로 으젠 삼촌 코를 쳤다.

아프진 않았지만, 으젠 삼촌 코가 망가질까 봐 겁이 났다. 나는 장난감 코를 벗어 주머니에 넣고 나서 외드를 발로 차주었다. 우리는 치고받으며 싸우기 시작했고, 다른 애들은 우리가 싸우는 걸 구경하고 있었다. 부이옹 선생님이 왔다. 부이옹 선생님은 우리 학생주임이다. 학생주임 선생님을 왜 부이옹이라고 부르는지는 나중에 이야기하겠다.

"무슨 일이지?" 부이옹 선생님이 물었다.

"외드가 그랬어요. 외드가 제 코를 때렸다구요."

부이옹 선생님은 눈을 크게 뜨더니 고개를 숙여 내 얼굴에 가까이 대고 들여다보았다. 그러더니 이렇게 말했다. "어디 말이니? 좀 보자."

나는 주머니에서 으젠 삼촌 코를 꺼내 보여주었다. 부이옹 선생님은 으젠 삼촌 코를 보고 화가 난 것 같았다. 이유는 잘 모르겠다.

"내 눈을 잘 봐."

부이옹 선생님이 고개를 들면서 말했다.

"나는 누가 날 놀리는 걸 좋아하지 않는단다. 너, 벌로 목요일 날 학교에 나와야겠다.* 알았니?"

나는 울기 시작했다. 그러자 옆에 있던 조프루아가 말했다.

"아니에요, 선생님. 걔가 잘못한 게 아니에요!"

부이옹 선생님은 미소를 지으며 조프루아의 어깨에 손을 올려놓았다.

"그래, 친구를 도와주려고 변호하는 건 착한 일이다."

"예? 그게 아니라요, 걔 잘못이 아니라구요. 외드 잘못이에요."

부이옹 선생님은 얼굴이 뻘게져서 몇 번 입을 열었다 닫았다 하더니 외드, 조프루아, 그리고 옆에서 키득거리고 있던 클로테르한테까지 벌을 주었다. 그리고 나서 종을 치러 가버렸다.

수업 시간에 담임 선생님은 우리에게 프랑스가 골 족**들로 꽉 차 있던 때 이야기를 해주었다. 옆에 앉아 있던 알세스트가 으젠 삼촌 코가 정말로 망가졌냐고 물었다. 나

---

* 프랑스의 초등학교에서 목요일은 수업이 없는 자유학습일이다.(옮긴이)
** BC 1200년경 라인 강 유역에서 남쪽과 서쪽으로 이동하여, 지금의 프랑스와 이탈리아 북부에 자리 잡은 민족.(옮긴이)

는 아니라고, 끝부분이 약간 납작해진 것뿐이라고 대답했다. 고칠 수 있을지 보려고 주머니에서 으젠 삼촌 코를 꺼냈다. 안에 손가락을 넣어 밀어냈더니 다시 멋지게 되었다. 내가 원래 모습대로 고친 거다. 기분이 아주 좋았다.

"이리 줘봐, 좀 보게."

알세스트가 말했다.

나는 책상 밑으로 고개를 숙이고 장난감 코를 썼다. 알세스트가 보더니 "와아, 좋은데!" 하고 말했다.

"니콜라! 내가 지금 한 말 그대로 해봐!"

갑자기 선생님의 커다란 목소리가 들렸다. 무서웠다.

나는 자리에서 일어났다. 정말 울고 싶었다. 선생님이 방금 뭐라고 했는지 몰랐으니 말이다. 선생님은 학생들이 잘 듣지 않는 걸 굉장히 싫어한다. 선생님이 부이옹 선생님처럼 눈을 동그랗게 뜨고 나를 쳐다보았다.

"그런데…… 너 코에 뭘 쓴 거니?"

선생님이 내게 물었다.

"우리 아빠가 사준 거예요."

나는 울면서 설명했다.

선생님은 화가 났다. 자기는 어릿광대 같은 짓은 좋아하지 않으며, 내가 계속 그런 식으로 행동한다면 학교에서 퇴학을 당할 거고, 나중에는 불한당이 되어 부모님을 부끄럽게 할 거라고 야단을 쳤다. 말을 다 하고 나서 선생님은 장난감 코를 가지고 앞으

로 나오라고 했다.

　나는 울면서 앞으로 나가 선생님 책상 위에 장난감 코를 올려놓았다. 선생님은 장난감 코를 압수하겠다며, '역사 시간에 어릿광대 짓을 해서 친구들을 성가시게 할 목적으로, 마분지로 만든 코를 학교에 갖고 오면 안 된다' 라는 문장을 동사변화 해오라고 했다.*

---

* 불어의 동사는 크게 3개 군으로 나누어지며, 6개 인칭에 대해 8개의 시제와 4개의 법에 따라 각각 다른 어미 변화를 한다.(옮긴이)

학교가 끝나고 집으로 갔더니 엄마가 나를 보며 "무슨 일이니, 니콜라? 안색이 안 좋구나" 하고 말했다.

나는, 내가 주머니에서 으젠 삼촌 코를 꺼내자 부이옹 선생님이 내게 벌을 준 것과, 으젠 삼촌 코를 납작하게 만든 건 외드라는 것과, 교실에서 담임 선생님이 으젠 삼촌 코 때문에 동사변화 숙제를 내준 것과, 으젠 삼촌 코를 압수해버린 것을 울면서 이야기했다. 엄마는 놀란 표정으로 나를 바라보더니 내 이마에 손을 얹어보고는 누워서 좀 쉬라고 했다.

아빠가 회사에서 돌아오자, 엄마가 아빠에게 말했다.

"얼마나 기다렸는지 알아요? 정말 걱정이에요. 니콜라가 학교에서 굉장히 신경이 날카로워져서 돌아왔다구요. 의사를 불러야 되는 거 아닌지 모르겠어요."

"그래? 내 그럴 줄 알았어. 니콜라 이 녀석, 내가 그렇게 경고했는데! 으젠의 코를 갖고 장난을 친 게 틀림없다구!"

아빠가 말했다.

하지만 이번엔 아빠와 내가 걱정을 하게 되었다. 엄마가 아프기 시작해서 의사를 불러야 했기 때문이다.

시계

어제 오후 학교에서 돌아왔을 때, 집배원 아저씨가 소포 꾸러미를 하나 갖고 왔다. 메메(할머니를 일컫는 유아어—옮긴이)의 선물이었다. 정말 굉장한 선물이었다. 그게 무엇이었는지 여러분은 상상도 못할 거다. 바로 손목시계다!

메메도 시계도 정말 멋졌다. 학교 친구들이 이걸 보면 난리가 날 거다. 아빠는 집에 없었다. 회사 일 때문에 저녁 약속이 있었기 때문이다. 엄마가 시계 태엽을 어떻게 감는 건지 가르쳐준 다음, 내 손목에 채워주었다. 다행히 나는 시계를 볼 줄 안다. 작년엔 너무 어려서 시계를 볼 줄 몰랐다. 만약 작년이었다면 사람들에게 시계를 보여주며

몇시냐고 물어봐야 했을 거다. 시계에는 바늘이 세 개 있었는데, 가장 큰 바늘이 제일 빨리 돌아갔다. 두 개의 작은 바늘들은 오랫동안 들여다보지 않으면 움직이는 것이 잘 보이지 않았다. 엄마에게 큰 바늘은 뭐 하는 데 쓰는 거냐고 물었더니, 달걀 반숙 만들 때 쓰면 아주 편리하다고 했다.

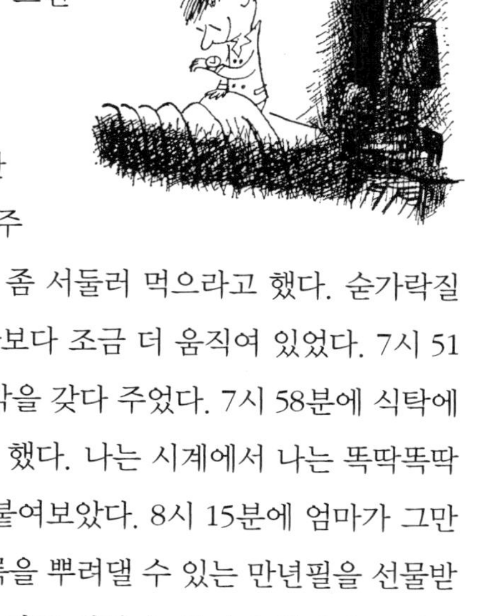

　이런, 7시 32분이다. 엄마와 나 둘이서 저녁 먹을 시간이다. 달걀 반숙은 없었다. 내가 손목에 찬 시계를 들여다보며 밥을 먹었더니, 엄마가 포타주 (고형물을 넣어 끓인 진한 수프—옮긴이)가 식으니 좀 서둘러 먹으라고 했다. 숟가락질 두 번으로 수프를 해치운 후 큰 바늘을 보니 아까보다 조금 더 움직여 있었다. 7시 51분에 엄마가 점심때 남겨둔 맛있는 케이크 한 조각을 갖다 주었다. 7시 58분에 식탁에서 일어났다. 엄마가 자기 전에 좀 놀아도 좋다고 했다. 나는 시계에서 나는 똑딱똑딱하는 소리를 들어보려고 시계에 귀를 바싹 갖다 붙여보았다. 8시 15분에 엄마가 그만 방으로 가서 자라고 했다. 지난번에 여기저기 얼룩을 뿌려댈 수 있는 만년필을 선물받았을 때처럼 기분이 좋았다. 나는 시계를 찬 채로 자고 싶었다. 하지만 엄마가 그렇게 하면 시계에 좋지 않다고 해서 벗어서 침대 옆 탁자 위에 놓아두었다. 탁자 위에 놓아둔 뒤, 그쪽을 보고 누우니 시계가 잘 보였다. 8시 38분에 엄마가 불을 껐다.

　그런데 더욱더 멋진 일이 일어났다. 시계 숫자판과 바늘이 어둠 속에서 빛을 낸 거다! 그렇다면 불을 끈 채로 달걀 반숙을 만들 수도 있다는 얘기다. 나는 자고 싶지가 않아서 계속 시계를 쳐다보고 있었다. 그때 현관문 열리는 소리가 났다. 아빠가 온 거다. 기분이 좋았다. 아빠에게 메메의 선물을 보여줄 수 있게 됐으니까 말이다. 나는 일어나서 손목에 시계를 차고 방 밖으로 나갔다.

아빠가 발끝으로 살금살금 계단을 걸어올라오는 것이 보였다. "아빠!" 나는 소리쳤다. "이 시계 봐요. 메메가 준 거예요." 아빠는 무척 놀랐다. 너무 놀라서 계단에서 굴러떨어질 뻔했다. "쉿, 니콜라, 엄마 깨시겠다." 아빠가 말했다. 그때, 엄마 아빠 방 불이 켜지더니 엄마가 나왔다. "엄마 벌써 깼어요." 엄마가 아빠에게 말했다. 하지만 엄마는 기분이 나빠 보이지는 않았다. 그냥 아빠한테 저녁 식사 자리에서 돌아오는 데 한 시간이나 걸리느냐고 물었을 뿐이다. "물론이지. 그래도 많이 늦진 않았잖아." 아빠가 대답했다.

"11시 58분이에요."

나는 자랑스럽게 말했다. 나는 엄마 아빠 도와주는 걸 참 좋아한다.

"당신 엄마 애 선물 사주는 데는 언제나 굉장한 아이디어를 발휘하는군."

아빠가 말했다.

"또 우리 엄마 얘기예요? 옆에 애도 있는데 말이에요."

엄마가 대답했다. 농담이 아닌 것 같았다. 좀 있다가 엄마가 내게 애야, 이제 그만 가서 침대에 누워 코 자거라, 하고 말했다.

나는 내 방으로 돌아와 밖에서 엄마 아빠가 이야기하는 걸 조금 듣다가 12시 14분에

잠이 들었다.

그리고 5시 7분에 일어났다. 날이 밝아오고 있었다. 하지만 유감이었다. 내 시계 바늘이 더이상 빛을 내지 않았기 때문이다. 서둘러 일어날 필요는 없었다. 오늘은 수업이 없는 날이니까. 하지만 나는 아빠를 도와주고 싶었다. 아빠는 사무실에 지각을 자주 해서 사장님한테 잔소리를 듣는다고 항상 투덜대니까 말이다. 나는 잠깐 기다리다가 5시 12분에 엄마 아빠 방으로 갔다.

"아빠! 아침이에요! 사무실에 늦겠어요!"

아빠는 굉장히 놀란 것 같았다. 그래도 어젯밤 층계에서보다는 나았다. 침대에서는 굴러떨어져도 별로 위험하지 않으니까. 그런데도 아빠는 침대에서 굴러떨어지기라도 할 것처럼 놀랐다. 제정신이 아닌 것 같았다. 엄마도 눈을 번쩍 떴다.

"무슨 일이야? 무슨 일 생겼니, 니콜라?"

엄마가 물었다.

"뭐긴 뭐야, 그놈의 시계 때문이지. 그런데 벌써 날이 밝았나 보군."

아빠가 말했다.

"맞아요. 5시 15분이에요. 좀 있으면 16분이 돼요."

내가 말했다.

"그래. 알았다, 니콜라. 가서 좀더 자거라. 우린 이제 일어났으니까."

나는 엄마 말대로 자러 갔다. 하지만 5시 47분, 6시 18분, 7시 2분, 세 번이나 엄마 아빠를 다시 깨우러 가야 했다.

아침을 먹으려고 식탁에 앉았다. 아빠가 엄마에게 소리를 질렀다.

"여보, 커피 좀 빨리 줘. 늦겠어. 벌써 5분 동안이나 기다리고 있잖아."

"8분이에요."

내가 말했다. 엄마가 오더니 나를 이상한 눈으로 쳐다보았다. 엄마가 아빠 커피잔에 커피를 따르다가 식탁보에 커피를 흘렸다. 손이 떨리고 있었기 때문이다. 나는 엄마가 아픈 게 아니었으면 좋겠다고 생각했다.

"점심 먹으러 일찍 올 거야. 현관에서부터 꼿꼿하게 하고 있을게."

출근하면서 아빠가 말했다.

나는 꼿꼿하게 하는 게 뭐냐고 엄마한테 물어보았다. 하지만 엄마는 신경 쓰지 말고 나가서 놀라고 했다. 수업이 없다는 게 안타깝게 느껴진 건 처음이었다. 학교 친구들에게 내 시계를 보여주고 싶었기 때문이다. 지금까지 학교에 시계를 차고 온 애는 한 명밖에 없었다. 조프루아가 자기 아빠 시계를 차고 왔었다. 덮개와 줄이 달린 커다란 시계였다. 그 시계도 굉장히 멋졌다. 하지만 조프루아는 가져가도 좋다는 허락도 받지 않고 가져온 거여서 말썽이 생기고 말았다. 조프루아는 볼기짝을 엄청 맞았고, 우리에게 다시는 그 시계를 볼 수 없을 거라고, 그건 자기도 역시 마찬가지라고 말했었다.

나는 우리집에서 가까운 데 사는, 엄청 먹어대는 뚱보 알세스트네 집으로 갔다. 알세스트는 아침 일찍 일어난다. 아침 먹는 데 시간이 많이 걸리기 때문이다. "알세스트!" 나는 알세스트네 집 문 앞에 서서 고함을 질렀다. "알세스트! 이리 나와서 내가 뭘 갖고 있나 좀 봐!" 알세스트는 크루아상 한 개를 입에 물고, 또 한 개는 한쪽 손에 들고 밖으로 나왔다. "내 시계야." 나는 시계 찬 팔을 알세스트가 물고 있는 크루아상 높이만큼 들어올리며 말했다. 알세스트는 곁눈질로 시계를 바라보더니, 씹고 있던 크루아상을 꿀꺽 삼켜버리고 "야, 무지 멋진데!" 하고 말했다.

"시간도 잘 맞고, 달걀 반숙 만드는 데 쓰는 큰 바늘도 있어. 그리고 밤에는 빛도 난다."

나는 신이 나서 설명했다.

"그럼 안에는 뭐가 들어 있어?"

알세스트가 물었다.

시계 안을 들여다보는 건 생각해보지 않았다. 알세스트가 잠깐 기다려보라고 말하더니, 자기 집 안으로 달려들어갔다. 조금 후에 알세스트는 또다른 크루아상 한 개와 작은 칼 하나를 들고 밖으로 나왔다.

"네 시계 이리 줘봐. 내 칼로 열어볼게. 어떻게 하는 건지는 잘 알아. 우리 아빠 것도 열어봤거든."

알세스트가 말했다. 나는 알세스트에게 내 시계를 건네줬다. 알세스트는 칼로 시계를 분해하기 시작했다. 알세스트가 내 시계를 부숴버릴까 봐 겁이 났다.

"내 시계 돌려줘."

내가 말했다. 하지만 알세스트는 그럴 생각이 전혀 없는 것 같았다. 혀를 쑥 내밀고는 시계를 열려고 안간

힘을 썼다. 할 수 없이 강제로 시계를 빼앗았다. 알세스트의 손에서 칼이 미끄러져 떨어졌고, 알세스트는 울음을 터뜨렸다. 시계는 뚜껑이 열린 채로 땅바닥에 떨어졌다. 바늘이 9시 10분을 가리키고 있었다. 내가 울면서 집으로 돌아왔을 때도 여전히 9시 10분이었다. 시계가 더이상 가지 않았다. 고장이 난 거다. 엄마가 나를 안아주면서 아빠가 다 고쳐주실 테니, 걱정할 것 없다고 말했다.

아빠가 점심 먹으러 집으로 왔을 때, 엄마는 아빠에게 시계를 보여주었다. 아빠는 작은 태엽을 돌려보더니 엄마를 보고, 다시 시계를 보았다. 그리고 다시 나를 보더니 이렇게 말했다.

"잘 들어라, 니콜라. 이 시계는 이젠 고칠 수가 없어. 하지만 갖고 노는 데는 전혀 문제가 없단다. 오히려 더이상 망가질 위험이 없으니 더 잘됐지. 그리고 손목에 차면 멋진 건 여전하잖아?"

아빠는 기분 좋은 표정이었다. 엄마도 그랬다. 나도 덩달아 기분이 좋아졌다.

내 시계는 이제 항상 4시를 가리키고 있다. 4시는 기분 좋은 시간이다. 작은 초콜릿빵을 먹는 시간이기 때문이다. 그리고 밤에는 여전히 빛도 난다.

정말 멋진 선물이다. 메메의 선물!

신문 만들기

쉬는 시간에 맥상이 자기 대모님한테 받은 선물을 보여주었다. 고무로 만든 글자들이 한 무더기 들어 있는 상자였다. 핀셋으로 글자를 집어내, 원하는 단어를 뭐든 만들 수 있었다. 우체국에서 하는 것처럼 잉크가 잔뜩 묻은 스폰지에 꾹 누른 뒤, 종이 위에 찍으니까 아빠가 읽는 신문처럼 글자가 인쇄되어 나왔다. 아빠는 엄마가 항상 신문에서 의상란과 광고란 그리고 요리란을 잘라낸다고 자주 화를 낸다. 어쨌든 정말 멋졌다. 맥상의 인쇄기 말이다!

맥상은 자기가 인쇄기로 만든 것들을 우리에게 보여주겠다며, 주머니에서 종이 세장을 꺼냈다. 종이 위엔 '맥상' 이라는 글자가 각기 다른 방향으로 수없이 많이 찍혀 있었다.

"펜으로 쓴 것보다 훨씬 멋있지?"

맥상이 물었다. 정말 그랬다.

"애들아, 우리 이걸로 신문을 만들면 어떨까?"

뤼퓌스가 말했다.

정말 좋은 아이디어였다. 모두들 대찬성이었다. 아냥까지도 말이다. 담임 선생님의 귀염둥이 아냥은 쉬는 시간에 우리와 함께 놀지 않는다. 공부한 것을 복습해야 하기 때문이다. 아냥은 정말 바보다.

"신문 이름은 뭐라고 할 건데?"

내가 물었다.

이 문제에 관해서는 의견 일치를 볼 수가 없었다. '르 테리블(무시무시한 사람)' 이라 고 하자는 애도 있었고, '르 트리옹팡(승리자)' '르 마니피크(호쾌한 사람)' 또는 '르 상 푀르(두려움을 모르는 사람)' 로 하자는 의견도 있었다. 맥상은 '르 맥상' 으로 하기 를 바랐다. 하지만 알세스트가, 그건 바보 같은 이름이라고, 자기 생각에는 차라리 '라 델리시외즈(맛있는 집)' 라고 부르는 게 더 좋을 것 같다고 하자 마구 화를 냈다. '라 델리시외즈' 는 알세스트네 집 옆에 있는 소시지 가게 이름이다. 결국 신문 이름은 나중에 정하기로 했다.

"그런데 신문에 뭘 쓸 건데?"

클로테르가 물었다.

"당연히 진짜 신문에
나오는 것과 똑같은 걸 써
야지. 뉴스들을 가득 싣고, 사진,
그림, 도둑과 살인 사건 이야기, 그리고 주
식 시세도 싣고 말야."

조프루아가 말했다. 주식 시세가 무엇인지 아는 사람은 우리 중에 하나도 없었다. 그래서 조프루아가 설명을 해주었다. 주식 시세란 작은 숫자들이 가득 나오는 것이며, 자기 아빠가 세상에서 가장 좋아하는 거라고 말이다. 하지만 조프루아가 하는 말을 전부 믿으면 안 된다. 조프루아는 거짓말쟁이이기 때문이다. 뭐든지 거짓말로 때운다.

"그런데 사진은 인쇄할 수가 없어. 내 인쇄기엔 글자밖에 없거든."

맥상이 말했다.

"하지만 그림은 그릴 수 있잖아."

내가 말했다. 나는 군대의 공격을 받고 있는 성(城), 비행선, 그리고 폭격을 하는 비행기도 그릴 수 있다.

"나는 프랑스의 정부 조직표를 그릴 수 있어."

귀염둥이 아냥이 말했다.

"나는 머리에 클립을 말고 있는 우리 엄마를 그린 적이 있어. 하지만 엄마가 찢어버렸어. 아빠는 그걸 보고 엄청 웃으며 좋아했는데."

클로테르가 말했다.

"그래, 모두 좋아. 하지만 신문에 너희들의 엉터리 그림들을 넣으면 재미있는 것들을 인쇄할 공간이 없어진다구."

맥상이 말했다. 나는 맥상에게 한 대 맞고 싶냐고 했다. 하지만 조아생이 맥상 말이 맞다고 하면서 자기가 봄에 대해 쓴 글짓기가 한 편 있다고 했다. 그걸로 80점이나 맞았는데, 그걸 신문에 인쇄해넣으면 아주 멋질 거라고 했다. 그 글짓기에는 꽃과 구구거리며 우는 새 이야기가 나온다고 했다.

"네 구구새 이야기나 인쇄하는 데 글자들을 다 써버리자고?"

뤼퓌스가 말했다. 뤼퓌스와 조아생은 엉겨붙어 싸우기 시작했다.

아냥이 끼어들었다.

"그러면 내가 퀴즈를 낼게. 답을 적어서 우리한테 보내라고 하는 거야. 그러면 우리가 점수를 매기는 거지."

그 말을 듣고 우리가 모두 비웃자, 아냥은 울기 시작했다. 아냥은 우리가 전부 심술쟁이들이고, 항상 자기를 놀린다고 했다. 자기가 선생님한테 가서 일러바치면 모두 벌을 받게 될거라고, 하지만, 우리를 위해서 아무 말도 안 할 거라고 했다.

싸우고 있던 조아생, 뤼퓌스에 아냥까지 가세해서 함께 울었다. 너무 시끄러워서 무슨 말들을 하는지 알아들을 수가 없었다. 친구들과 신문을 만든다는 건 정말 쉽지 않은 일이다!

"그런데 신문이 인쇄되면 그걸로 뭘 하지?"

외드가 물었다.

"그런 건 문제도 아냐. 사람들한테 파는 거지! 신문은 그러려고 만드는 거야. 우린 엄청난 부자가 될 거야. 그러면 사고 싶은 걸 잔뜩 살 수가 있다구."

맥상이 대답했다.

"그런데 누구한테 팔아?"

내가 물었다.

"길거리를 지나다니는 사람들에게 파는 거지. 거리를 뛰어다니면서 '호외요!' 하고 소리를 치는 거야. 그러면 사람들이 몰려와서 돈을 내고 신문을 사갈걸?" 알세스트가 대답했다.

"신문을 한 장밖에 못 만들 텐데, 그러면 돈을 많이 벌 수가 없잖아." 클로테르가 말했다.

"그럼 아주 비싸게

팔면 되지."

알세스트가 대답했다.

"그런데 왜 하필이면 너야? 신문은 내가 팔 거야. 네 손가락엔 항상 기름이 묻어 있
잖아. 네 손가락으로 신문을 만지면 신문에 얼룩이 생길 거라구. 그러면 아무도 안 사
려고 할걸."

클로테르가 알세스트에게 으르렁댔다.

"내 손가락에 정말 기름이 묻어 있는지 한번 볼래?"

알세스트는 이렇게 말하고는 클로테르 얼굴에 손을 갖다 댔다. 나는 깜짝 놀랐다.
알세스트는 먹는 데 방해가 된다는 이유로 쉬는 시간에 싸우는 걸 좋아하지 않기 때문
이다. 알세스트는 진짜로 기분이 나쁜 것 같았다. 뤼퓌스, 조아생, 알세스트, 클로테르
모두들 몸을 밀쳐대며 싸웠다. 알세스트 손에 기름이 묻어 있다는 말은 사실이다. 그
래서 알세스트하고 손을 잡고 악수를 하면 손이 미끄러진다.

"자, 이제 됐어. 신문 편집장은 내가 할 거야."

맥상이 말했다. "그래야 되는 이유가 뭔데?"

외드가 물었다.

"인쇄기가 내 거니
까."

맥상이 대답했다.

"잠깐만." 뤼퓌스가 와

서 소리쳤다.

"신문을 만들자는 아이디어를 낸 건 나야. 그러니까 내가 편집장을 해야 한다구."

"잘한다! 너, 나하고 싸우다 말고 치사하게 그럴 수 있어? 너는 친구도 아니야!"

조아생이 말했다.

"네 일이나 신경 써."

뤼퓌스가 소리를 질렀다. 뤼퓌스는 코에서 피가 나고 있었다.

"너, 나 열받게 하지 마."

조아생이 말했다. 조아생은 화가 나서 펄쩍펄쩍 뛰었다. 뤼퓌스와 조아생은 알세스트와 클로테르가 싸우고 있는 옆에서 다시 치고받기 시작했다.

"내가 기름덩어리라고? 다시 한번 말해봐."

알세스트가 소리질렀다.

"너는 기름덩어리야! 기름덩어리! 기름덩어리!"

클로테르도 지지 않고 소리를 질렀다.

"나한테 코를 얻어맞기 싫으면, 편집장은 나라고 인정해야 될걸?"

외드가 맥상에게 말했다. 그러자 맥상은 "내가 널 무서워할 것 같냐?"라고 맞받아쳤다. 내 생각에는 무서워하는 것 같았다. 왜냐하면 맥상이 그 말을 하면서 조금씩 뒤로 물러섰기 때문이다. 마침내 외드가 맥상을 밀쳤고, 인쇄기 상자 안에 들어 있던 글자들이 전부 땅으로 쏟아져버렸다. 맥상은 얼굴이 시뻘게져서 외드에게 덤벼들었다. 나는 땅에 떨어진 글자들을 주워담으려고 했다. 하지만 맥상이 내 손을 밟아서 그럴 수가 없었다. 외드가 나를 밀쳐냈다. 나는 내 손을 밟은 맥상의 따귀를 때렸다. 그러자 부이옹 선생님(우리 학생주임 선생님인데, 부이옹이 진짜 이름은 아니다)이 와서 우리를 떼어놓았다. 우리는 더이상 놀 수가 없었다. 부이옹 선생님이 인쇄 기계를 압수해 갔기 때문이다. 선생님은 우리가 모두 말썽쟁이들이라고 했다. 선생님은 벌로 방과후에 남아 있으라고 하고는 아냥을 양호실에 데려다주러 갔다. 아냥이 아팠기 때문이다. 그리고 나서 또 종도 쳐야 했다. 부이옹 선생님은 진짜 바빴다!

신문은 만들지 못할 것이다. 부이옹 선생님이 여름방학 전에는 인쇄기를 돌려주지 않을 테니까 말이다. 아! 어쨌든 신문에다 쓸 건 아무것도 없을 것 같다.

우리한테는 아무 일도 안 일어나니까.

거실의 장미 꽃병

집에서 공놀이를 하고 있는데, 갑자기 쨍그랑! 하는 소리가 났다. 거실에 있던 장미 꽃병이 깨진 거다. 엄마가 그 소리를 듣고 뛰어왔다. 나는 울기 시작했다.

"니콜라! 너 집에서는 공놀이 하면 안 된다는 거 모르니? 좀 봐라. 너 때문에 장미 꽃병이 깨졌잖아. 아빠가 이 꽃병을 얼마나 비싸게 사셨는데. 아빠 오시면 네가 그랬다고 다 말씀드려라. 아빠가 널 혼내주실 테니까. 너한텐 좋은 교훈이 될 거야!"

엄마가 말했다.

엄마는 카펫 위에 흩어져 있던 깨진 병조각들을 치우고는 부엌으로 가버렸다. 나는 계속 울었다. 내 말을 듣고 화를 낼 아빠를 생각하니 겁이 났기 때문이다.

아빠가 회사에서 돌아왔다. 아빠는 소파에 앉아 신문을 펼쳐 들고 읽기 시작했다. 엄마가 부엌에서 나를 부르더니 말했다.

"그래, 아빠한테 네가 한 짓 다 말씀드렸니?"

"난 말하기 싫단 말예요!"

엄마 말에 나는 또 울음을 터뜨렸다.

"아! 니콜라, 엄마는 네가 우는 건 정말 싫다. 용기를 갖고 살아야지. 넌 이제 다 컸잖아. 자, 어서 거실로 가서 아빠에게 다 말씀드려."

엄마가 말했다.

난 사람들이 나한테 이제 다 컸다고 말할 땐 정말 우울하다. 하지만 엄마 표정이 장난이 아니어서 할 수 없이 거실로 갔다.

"아빠……."

"응?"

아빠가 대답했다. 하지만 아빠는 줄곧 신문만 보고 있었다.

"내가 거실에 있던 장미 꽃병 깼어요."

나는 재빠르게 말했다. 목구멍에 큰 덩어리가 걸려 있는 것 같았다.

"응? 그래, 좋다, 애야. 가서 놀아라."

아빠가 말했다.

나는 기분이 좋아져서 부엌으로 갔다. 엄마가 또 물었다.

"그래, 아빠한테 말씀드렸니?"

"네, 엄마."

"뭐라고 그러시던?"

"'그래, 좋다, 얘야' 그러구요, 가서 놀라고 하셨어요."

엄만 그 말이 마음에 들지 않았나 보다. "뭐라구? 세상에!" 이렇게 말하고는 거실로 달려갔다.

"여보, 애 교육을 이렇게 해도 되는 거예요?"

엄마 말에 아빠는 깜짝 놀란 표정으로 신문을 내려놓았다.

"그게 무슨 소리야?"

"아! 제발 그렇게 시치미 좀 떼지 말아요. 내가 애 교육 때문에 이렇게 골머리를 앓고 있는데, 당신은 속 편하게 신문이나 읽고 있는 거예요?"

엄마가 대답했다.

"조용히 신문 읽는 건 물론 좋아하지. 하지만 지금 이런 일은 점잖은 집안에서 일어날 일이 아닌 것 같은데!"

"흥! 남자들이란 그저 자기만 편하면 오케이군요! 슬리퍼 신고 앉아 신문이나 보면서 말예요. 온갖 지저분하고 자질구레한 일은 내가 다 도맡아 하고요!"

엄마가 소리를 질렀다. 그리고 나서, "당신은 아들이 비행소년이 되면 그때 가서야 놀랄 사람이라구요!"라고 말했다.

"도대체 내가 어떻게 했으면 좋겠어? 집에 돌아오자마자 애를 회초리로 팼으면 좋겠어?"

아빠도 소리를 질렀다.

"당신은 지금 책임을 회피하고 있어요. 가족의 일은 안중에도 없다구요!"

엄마가 말했다.

"뭐라구? 나 원, 세상에!"

아빠가 외쳤다.

"난 당신하고 니콜라를 먹여 살리기 위해 내 모든 즐거움을 희생해가며 소같이 일해. 사장의 온갖 짜증을 참아가면서 말야!"

"애 앞에선 돈 얘기 하지 말라고 했죠!"

엄마가 말했다.

"집안에서 날 아주 바보로 만드는군! 하지만 두고 봐. 앞으론 달라질 거야. 달라질 거라구. 젠장!"

아빠가 소리질렀다.

"우리 엄마가 일찍이 이럴 거라고 예언을 했어요. 엄마 말을 들었어야 했는데!"

엄마가 말했다.

"아! 당신 엄마! 아, 그래, 당신 엄마 얘기가 왜 안 나오나 했지. 당신 엄마 말이지!"

아빠도 소리쳤다.

"우리 엄마에 대해서 어쩌고저쩌고 하지 말아요! 우리 엄마 얘기는 하지 않기로 했잖아요!”

엄마가 고함을 질렀다.

“당신 엄마 얘길 꺼낸 건 내가 아니라구!”

아빠도 화를 냈다. 그때 초인종이 울렸다. 이웃에 사는 블레뒤르 아저씨였다.

“지역 여성 모임에 참가할 건지 물으러 왔네.”

블레뒤르 씨가 아빠에게 말했다.

“잘 오셨어요, 블레뒤르 씨. 상황 판단 좀 해주세요. 아이 교육 문제만큼은 아버지가 주도적인 역할을 담당해야 한다고 생각하지 않으세요?”

엄마가 아저씨에게 물었다.

“이 친구가 그걸 어떻게 알아? 이 친구는 아이가 없잖아!”

아빠가 말했다.

“그건 이유가 되지 않아요. 이가 아파본 적이 없다고 치과의사를 못 하나요?”

엄마가 대꾸했다.

“이 아파본 적 없는 치과의사 얘기가 지금 일과 무슨 상관이 있어? 당신 정말 웃기는군!” 아빠는 정말로 웃기 시작했다.

“보세요, 보세요, 블레뒤르 씨. 이이는 나를 무시하고 있다구요. 아이 교육 문제에 관심은 안 갖고 장난이나 치고 있다니까요! 어떻게 생각하세요, 블레뒤르 씨?”

엄마가 또 아저씨에게 물었다.

블레뒤르 씨가 대답했다.

"여성에게는 기분 나쁜 일이겠죠. 그럼 전 이만 가보겠습니다."

"아, 안 돼요, 블레뒤르 씨. 제 몫은 하고 가셔야죠. 조금만 더 계시다 가세요!"

엄마가 말했다.

"말도 안 돼. 바보 같은 소리 좀 하지 마. 이건 남이 왈가왈부할 문제가 아니라구. 돌아가라고 해!"

아빠가 소리쳤다.

"그러니까 제 말씀은 말입니다……."

블레뒤르 씨가 기어들어가는 목소리로 말했다.

"아! 당신네 남자들은 모두 똑같군요. 남자들끼리 똘똘 뭉쳐가지고 말예요. 그래요, 블레뒤르 씨는 댁으로 돌아가시는 게 낫겠어요. 남의 집 얘기에 끼어들어 이러쿵저러쿵하는 것보다는 말예요!"

엄마가 말했다.

"알겠습니다. 그럼 여성 모임 때 뵙도록 하죠. 안녕히 계십시오. 니콜라, 또 보자."

블레뒤르 씨는 가버렸다.

나는 엄마 아빠가 싸우는 게 참 싫다. 하지만 화해를 할 땐 정말 좋다. 언제나 똑같다. 엄마는 울기 시작했고, 아빠는 골치가 아프다는 표정을 지었다. 조금 후 아빠가 말했다. "그래, 그래, 알았어." 그리고 아빠는 엄마를 껴안았다. 아빠는 자기가 정말 짐승 같은 놈이라고 했고, 엄마는 자기 잘못이라고 했다. 그러자 아빠는 아니라고, 잘못은 자기에게 있다고 했다. 엄마 아빠는 서로 마주 보고 웃고는 다시 한번 껴안았다. 그리고 나도 껴안아주었다. 엄마 아빠는 나한테 다 웃고 잊어버리자고 했다. 엄마는 감자 튀김을 만들겠다며 부엌으로 들어갔다.

저녁 식사는 정말 멋졌다. 모두들 신나게 웃었다. 한참 웃다가 아빠가 "그런데 여보, 우리가 죄도 없는 블레뒤르한테 너무 심하게 한 것 같아. 전화 걸어서 커피라도 한잔 하러 오라고 해야겠어. 여성 모임에도 참가한다고 하고"라고 말했다.

우리집에 왔을 때 블레뒤르 씨는 의심스러워하는 눈치였다.

"정말 논쟁이 끝난 건가?"

블레뒤르 아저씨가 물었다. 엄마 아빠는 잠자코 미소를 짓고는 팔짱을 끼고 함께 거실로 갔다. 아빠가 거실 탁자 위에 체스판을 갖다 놓았다. 엄마는 커피를 가지러 갔고, 나도 각설탕을 가지러 갔다.

조금 후에 아빠가 고개를 들더니 굉장히 놀란 표정으로 말했다.

"아니, 그런데 그거 어디 갔지? 여기 있던 장미 꽃병 말이야!"

쉬는 시간에 일어난 씨움

"너 거짓말쟁이야."

내가 조프루아에게 말했다.

"너, 그 말 다시 한번 해봐."

조프루아가 소리쳤다.

"너는 거짓말쟁이라구!"

나는 조프루아 말대로 다시 한번 말했다.

"아, 그래?"

조프루아가 물었다.

　"그래." 나는 기꺼이 대답해줬다.

　그때 쉬는 시간이 끝나는 종이 울렸다.

교실로 들어가려고 하는데 조프루아가 다가와 한판 붙어보자고 했다.

"그래, 덤벼봐."

내가 대답했다. 나는 이런 일은 말이 필요 없는 거라고 생각한다. 정말이다. 우리는 엉겨붙어 싸웠다. 그런데 부이옹 선생님이 우리를 보고 "줄 설 땐 조용히 해라" 하고 말했다. 부이옹 선생님은 우리 학생주임 선생님이다. 부이옹 선생님이 있을 땐 장난치면 안 된다.

교실로 들어갔다. 지리 시간이었다. 내 짝꿍 알세스트가 나한테 쉬는 시간에 왜 싸우다 말았냐면서, 조프루아와 다시 싸우게 되면 텔레비전에서 권투 선수들이 하는 것처럼 턱에 어퍼컷을 날려주라고 했다.

"아니야. 먼저 코를 때려야 돼. 그 다음에 퍽, 하고 그 아래쪽을 갈기면 이기는 거야."

뒤에 앉은 외드가 말했다.

"말도 안 돼. 조프루아하고 싸웠다 하면 그걸로 끝장이야."

외드 옆에 앉은 뤼퓌스가 말했다.

"넌 권투 선수들이 껴안고 등을 툭툭 치는 것도 못 봤냐, 이 바보야?"

맥상이 말했다. 맥상은 무슨 일인지 궁금해하는 조아생에게 쪽지를 써서 전달했다. 조아생에게는 우리 얘기가 잘 안 들렸기 때문이다.

바로 그게 문제였다. 그 쪽지가 선생님의 귀염둥이인 아냥한테 가게 된 거다. 아냥이 번쩍 손을 들더니 "선생님, 제가 쪽지를 하나 받았는데요!" 하고 말했다. 선생님은 눈을 동그랗게 뜨더니 아냥에게 쪽지를 갖고 앞으로 나오라고 했다. 아냥은 엄청 뻐기며 앞으로 나갔다. 선생님이 쪽지를 읽어보더니 말했다.

"이걸 읽어보니까 우리 반 학생 중 두 명이 쉬는 시간에 싸움을 하려고 하고 있네요. 그 둘이 누군지는 모르겠어요. 알고 싶지도 않아요. 하지만 미리 경고하겠는데, 쉬는 시간이 끝나면 나는 여러분의 학생주임인 뒤봉 선생님한테 그 둘이 누구였는지 물어볼 거예요. 그렇게 되면 그 사람들은 호된 벌을 받게 될 거구요. 자, 알세스트, 앞으로 나와봐."

앞으로 나간 알세스트는 선생님한테 강에 대한 질문을 받았다. 하지만 대답을 잘하지 못했다. 알세스트가 알고 있는 강이라고는 구불구불 흐르는 센 강과 지난 여름 바캉스를 갔던 니브 강뿐이었기 때문이다. 반 애들은 어서 쉬는 시간이 되어 싸움이 벌어지기를 바라면서 떠들어대기 시작했다. 선생님이 자로 교탁을 탁탁 쳤다. 그러자 졸고 있던 클로테르가 자기 때문에 그러는 줄 알고 벌떡 일어나 벌을 서러 나갔다. 나는 골치가 아파왔다. 만약 선생님이 나한테 방과후 남으라는 벌을 주면, 집에서는 어쩌고 저쩌고 말이 많을 거고, 오늘 저녁 때 먹기로 했던 초콜릿 크림은 꽝이 될 테니 말이다. 그리고 혹시라도 선생님이 나를 퇴학시키면, 정말 골치 아프게 될 거다. 엄마는 엄청 걱정을 할 거니까 말이다. 그리고 아빠는 아빠가 내 나이였을 때는 모범 학성이었다고 하면서, 나를 제대로 교육시키기 위해 있는 돈을 다 바쳤는데, 내가 나쁜 애가 되게 생겼다고 할 거고, 극장에도 가지 말라고 할 거다. 이런 생각을 하고 있으니 목구멍에 큰 덩어리가 걸려 있는 것만 같았다. 바로 그때 쉬는 시간 종이 울렸다. 나는 조프루아를 바라보았다. 조프루아는 서둘러 운동장으로 내려갈 생각은 없는 것 같았다.

운동장에 내려가자 반 아이들이 모두 모여 우리를 기다리고 있었다.

"자, 이쪽으로 와봐. 우린 모두 조용히 보고만 있을 테니까."

맥상이 말했다. 조프루아와 나는 애들이 시키는 대로 했다. 그때 클로테르가 아냥에게 "야! 넌 빠져. 넌 고자질쟁이잖아"라고 말했다.

"나도 보고 싶어."

아냥이 말했다. 자기만 싸우는 걸 못 보게 하면 곧바로 부이옹 선생님한테 가서 일러바칠 거라고 했다. 그러면 싸움은 더이상 못 하게 될 거고, 모두 쌤통일 거라고 했다.

"에잇, 그럼 보라고 해. 어쨌건 조프루아하고 니콜라는 벌을 받을 거라구. 아냥이 아까 선생님한테 다 고해바쳤으니까 말야. 그러니까 아무 상관 없잖아."

뤼퓌스가 말했다.

"벌을 받는다구? 그래, 맞아. 싸우면 벌을 받는 거지. 그럼 니콜라, 네가 아까 한 말 마지막으로 한 번만 더 해볼래?"

조프루아가 말했다.

"농담 마! 니콜라도 안 물러설걸?"

알세스트가 말했다.

"그러셔?"

맥상이 말했다.

"자, 그럼 시작해. 내가 심판을 볼 테니까."

외드가 말했다.

"심판이라고? 너 진짜 웃긴다. 왜 네가 심판이야?"

뤼퓌스가 나섰다.

"빨리 시작해. 이러고 있을 시간 없어. 쉬는 시간이 다 끝나버리잖아."

조아생이 말했다.

"잠깐만. 심판은 아주 중요한 거야. 심판을 제대로 안 정하면 난 안 싸울 거라구."

조프루아가 말했다.

"그래. 조프루아 말이 맞아."

내가 맞장구쳤다.

"알았어, 알았어. 그러니까 내가 심판을 본다구."

뤼퓌스가 말했다.

하지만 외드는 못마땅해했다. 외드 말이 뤼퓌스는 권투에 대해 아무것도 모르고, 권투 선수들이 아무 때나 껴안고 등을 툭툭 치는 줄 안다는 것이었다.

"껴안고 등을 치는 건 말야, 코에 주먹을 날리는 것보다야 훨씬 더 중요하지."

뤼퓌스가 이렇게 말하더니, 외드의 얼굴을 철썩 때렸다. 외드는 엄청 화가 났다. 외드가 그렇게 화를 내는 건 처음 봤다. 외드와 뤼퓌스는 투닥거리며 싸우기 시작했다. 외드가 뤼퓌스의 코에 주먹을 날리려고 했지만 뤼퓌스는 가만히 있지 않

고 요리조리 피했다. 머리끝까지 화가 난 외드는 뤼퓌스가 정말로 나쁜 놈이라고 했다.

"그만, 그만 해! 쉬는 시간이 끝나려고 해."

알세스트가 소리를 질렀다.

"야, 이 뚱보야, 조용히 좀 해. 다 알고 있으니까!"

맥상이 고함을 쳤다. 그러자 알세스트는 나한테 자기 크루아상 좀 갖고 있으라고 하더니, 맥상이랑 엉겨붙어 싸우기 시작했다. 나는 정말 놀랐다. 알세스트는 쉬는 시간에 싸우는 걸 좋아하지 않기 때문이다. 특히 크루아상을 먹고 있을 때는 말이다. 살을 빼기 위해서 엄마랑 같이 의사한테 갔다온 후로 알세스트는 사람들이 자기를 뚱보라고 부르는 걸 싫어했다. 나는 알세스트와 맥상이 싸우는 걸 한참 동안 구경했다. 그러느라고 조아생이 클로테르를 발로 걷어찬 것도 몰랐다. 내 생각엔 아마 클로테르가 어제 구슬치기에서 조아생의 구슬을 땄기 때문에 그런 것 같았다.

어쨌든 애들은 진짜 재미있게 싸웠다. 정말 멋졌다. 나는 아이들이 싸우는 걸 구경하면서 알세스트가 맡겨놓은 크루아상을 먹기 시작했다. 조프루아한테도 한 조각 떼어줬다. 조금 있으니까 부이옹 선생님이 달려왔다. 부이옹 선생님은 지금 무슨 짓을 하고 있는지 좀 보라고, 부끄러운 줄 알라고 하면서 애들을 떼어놓고는 종을 치러 갔다.

"자, 봐. 내가 뭐랬어? 바보짓을 하느라고 조프루아와 니콜라는 싸우지도 못했잖아."

알세스트가 말했다.

부이옹 선생님한테서 우리가 한 일을 다 들은 담임 선생님은 화가 나서 우리 모두에게 벌을 주었다. 아냥, 조프루아, 그리고 나만 빼고 말이다. 선생님은 우리가 야만인같이 행동한 다른 애들한테 모범이 되었다고 했다.

"종이 치는 바람에 운이 좋았는 줄 알아. 난 진짜 너랑 싸우려고 했다구."

조프루아가 나한테 말했다.

"웃기지 마, 이 거짓말쟁이."

내가 말했다.

"그 말 다시 해봐!"

조프루아가 소리쳤다.

"이 거짓말쟁이!"

나는 한번 더 말해줬다.

"좋아. 다음 쉬는 시간에 보자구."

조프루아가 말했다.

"좋지."

나도 대답했다.

여러분도 잘 알겠지만, 이런 일은 말이 필요 없다. 정말이다. 싸움은 해봐야 아는 거니까.

킹

알세스트, 외드, 뤼퓌스, 클로테르, 그리고 다른 애들 모두 함께 모여 낚시를 가기
로 했다.

우리가 자주 가서 노는 작은 공원이 하나 있는데, 그 공원 안에 멋진 연못이 있다.
그리고 그 연못에는 올챙이가 있다. 올챙이는 굉장히 작은 동물인데, 자라면 나중에
개구리가 된다. 학교에서 배웠다. 하지만 클로테르는 무슨 말인지 모르겠다고 했다.
그애는 수업을 잘 안 들을 때가 많기 때문이다. 그래서 우리가 클로테르한테 설명을
해줘야 했다.

나는 집에서 빈 잼병을 가지고 나와 공원으로 향했다. 그리고 공원에 도착한 후엔 관리인 아저씨가 보고 있지 않은지 주위를 잘 살펴보았다. 턱수염을 기른 공원 관리인 아저씨는 손에 막대기를 들고 호루라기를 분다. 경찰인 뤼퓌스 아빠처럼 말이다. 그리고 우리를 자주 혼낸다. 공원 안에서는 금지된 일이 너무 많기 때문이다. 잔디밭에 들어가도 안 되고, 나무 위에 올라가도 안 되고, 꽃을 꺾어도 안 되고, 자전거를 타고 돌아다녀도 안 되고, 축구를 해도 안 되고, 땅에 휴지를 버리는 것도, 싸워서도 안 된다. 하지만 그래도 우리는 재미있게 논다.

외드, 뤼퓌스, 그리고 클로테르는 벌써 유리병을 하나씩 들고 연못가에 와 있었다. 알세스트가 제일 늦게 왔다. 빈 병이 없어 잼이 들어 있는 병을 비워내느라고 시간이 걸렸다고 했다. 알세스트의 얼굴에 잼이 묻어 있었다. 그래도 알세스트는 기분이 아주 좋은 것 같았다. 우리는 관리인 아저씨가 없는 틈을 타서 재빨리 올챙이를 잡기 시작했다.

올챙이를 잡는 건 만만치 않았다! 연못가에 배를 깔고 납작하게 엎드린 채 올챙이를 얼른 병 속에 떠넣어야 했다. 그러나 올챙이는 병 주둥이를 이리저리 피해 다녔다. 맨 처음으로 올챙이를 잡은 클로테르는 굉장히 뻐겼다. 무슨 일에서건 일등을 해본 적이 한 번도 없었기 때문이다. 시간이 좀 지나자 나머지 애들도 모두 올챙이를 잡았다. 알세스트만 빼고 말이다. 병 두 개에 가득 올챙이를 잡은 뤼퓌스가 알세스트에게 조금 나누어주었다.

"그런데 이 올챙이로 뭘 하지?"

클로테르가 물었다.

"집으로 갖고 가서 개구리가 될 때까지 기다리지. 개구리가 되고 나면 경주를 시키는 거야. 아주 재미있을 거야!"

뤼퓌스가 대답했다.

"그러려면 훈련을 시켜야 돼. 작은 사다리를 타고 올라갈 수 있어야 경주도 할 수 있는 거라구."

외드가 말했다.

"그런 다음엔 개구리 다리 요리를 해먹자. 마늘을 곁들여서 말이야. 아주 맛있을 거야."

알세스트가 말했다. 그리고는 혀로 입술을 핥으며 자기 병 속에 든 올챙이를 바라보았다.

하지만 우린 곧 도망가야 했다. 공원 관리인 아저씨가 나타났기 때문이다. 공원에서 나와 길을 걸어가면서 나는 병 속에 든 올챙이를 바라보았다. 정말 끝내줬다. 올챙이는 병 속에서 아주 빠르게 헤엄치고 있었다. 틀림없이 훌륭한 개구리가 되어, 경주를 할 때마다 이길 것 같았다. 나는 내 올챙이를 킹이라고 부르기로 했다. 킹은 지난 목요일 날 본 카우보이 영화에 나온 하얀 말 이름이다. 아주 빨랐고, 주인이 휘파람을 불면 날쌔게 달려왔다. 나는 킹한테 회전하는 법을 가르쳐줄 거다. 그리고 킹이 개구리가 됐을 때는 휘파람만 불면 제깍 나한테 오게 만들 거다.

집에 왔더니 엄마가 비명을 질렀다.

"좀 보자, 세상에, 네 꼴이 그게 뭐니? 온통 진흙투성이야. 꼭 수프 속에 빠졌다 나온 것 같구나! 도대체 뭘 하다 온 거니?"

깨끗하지 않은 건 사실이었다. 연못 속에 손을 담그기 전에 옷소매를 걷어올리는 걸 깜빡 잊어버려서 말이다.

"그런데 그 병 속에 들어 있는 게 뭐니?"

엄마가 물었다.

"킹이에요. 곧 개구리가 될 거구요, 내가 휘파람을 불면 나한테 달려올 거예요. 시간은 좀 걸리겠지만 경주를 하게 되면 매번 이길 거라구요!"

나는 엄마한테 올챙이를 보여주며 말했다. 엄마는 얼굴을 찌푸리며 소리쳤다.

"못 말려! 집에 더러운 걸 갖고 들어오지 말라고 몇 번이나 말했니?"

"더러운 거 아니에요. 깨끗해요. 항상 물 속에 있는데요. 얘한테 회전하는 것도 가르칠 건데."

"알았다. 아빠한테 갖고 가서 뭐라고 하시나 보자!"

"야! 올챙이잖아."

아빠가 유리병을 보더니 말했다. 그리고는 소파에 앉아 다시 신문을 읽기 시작했다. 아빠 말을 듣고 엄마는 엄청 화가 났다.

"말할 게 그것밖에 없어요? 나는 니콜라가 온갖 더러운 것들을 집 안으로 갖고 들어오는 게 싫다구요!"

엄마가 말했다.

"나 참, 올챙이가 뭐 크게 골치를 썩이는 것도 아니잖아……."

"물론 그렇겠죠. 나도 신경 안 써요. 더이상 말하기도 싫어요.

하지만 마지막으로 경고하겠는데요, 하나만 선택해요. 나예요, 올챙이예요!"

엄마는 이렇게 말하고 나서 부엌으로 가버렸다.

아빠는 크게 한숨을 내쉬더니 들고 있던 신문을 접어 탁자 위에 내려놓았다.

"니콜라, 아무래도 선택의 여지가 없는 것 같구나. 그 작은 짐승을 치워야겠다."

아빠 말에 나는 울기 시작했다. 우리 둘은 벌써 굉장히 친한 친구가 됐다고, 그래서 킹에게 해를 입히는 건 싫다고 말했다. 아빠가 내 팔을 잡더니 말했다.

"잘 들어라, 얘야. 이 작은 올챙이에게도 엄마 개구리가 있다는 건 알고 있겠지? 엄마 개구리는 지금 아이를 잃고 굉장히 걱정하고 있을 거야. 만약 누가 너를 병에 담아서 갖고 가버리면 네 엄마도 분명히 기분이 안 좋을걸? 개구리도 마찬가지야. 자, 이제 어떻게 해야 하는지 알겠지? 우리 둘이 가서 이 올챙이를 원래 있던 곳에다 놓아주자. 대신 일요일마다 우리가 보러 가면 되잖아. 돌아오는 길에 아빠가 초콜릿 사줄게."

나는 잠깐 생각해보고 나서, 그렇게 하겠다고 대답했다.

아빠는 부엌으로 가서, 엄마를 선택하고 올챙이는 치우기로 결정했다고 웃으면서 이야기했다.

엄마도 웃으면서 나를 안아주더니 오늘 저녁엔 케이크를 만들겠다고 했다. 그 말을 들으니 기분이 조금 좋아졌다.

아빠와 나는 공원으로 갔다.

"저기예요."

나는 유리병을 들고 있는 아빠를 연못가로 데리고 갔다. 마지막으로 킹을 한 번 더 바라보았다. 아빠는 유리병 속에 있는 걸 전부 연못 속에 쏟아부었다. 그런 다음 우리는 연못을 떠났다. 그때 공원 관리인 아저씨가 나무 뒤에서 나와 눈을 동그랗게 뜨고 우리를 쳐다보며 말했다.

"당신들 전부 머리가 좀 이상하게 된 것 아니오? 아니면 내가 이상한 건가? 오늘 여기 와서 유리병에 담긴 것을 연못 속에 쏟아부은 사람이 당신까지 모두 일곱 명이오. 경찰관까지 포함해서 말이오."

카메라

학교로 막 가려고 하는데, 집배원 아저씨가 내 앞으로 온 소포 꾸러미를 갖고 왔다. 메메한테서 온 선물이었다. 카메라였다. 메메는 세상에서 제일 멋진 사람이다!

"당신 엄마는 정말 발상이 독특하군. 이건 애한테 줄 선물이 아니라구."

카메라를 본 아빠가 엄마에게 말했다. 엄마는 화가 나서 아빠한테, 당신은 우리 엄마(내 메메)가 하는 일은 뭐든지 못마땅해하는데, 애 앞에서 그런 식으로 말하는 건 아주 교활한 짓이라고 했다. 그리고 이건 아주 좋은 선물이라고 했다. 나는 카메라를 학교에 가져가도 되냐고 물었다. 엄마는, 가져가도 좋긴 하지만 압수당하지 않게 조심하

라고 했다. 아빠는 어깨를 으쓱하
더니 나와 함께 사용 설명서를
들여다본 후, 어떻게 사진을
찍는 건지 알려주었다. 아
주 쉬웠다.

　학교에서 나는 옆에 앉은
알세스트에게 카메라를 보여
주고, 쉬는 시간에 같이 사진을
찍자고 했다. 그러자 알세스트가 우
리 뒤에 앉아 있는 외드와 뤼퓌스에게
내 카메라 이야기를 했다. 걔네들은 그걸 조프루아에게 말했고, 조프루아는 쪽지에 적
어 맥상에게 주었고, 맥상은 그걸 조아생에게 전달했다. 조아생은 자고 있던 클로테르
를 깨웠다.

　그때 선생님이 "니콜라, 지금 내가 한 말 다시 해봐!"라고 말했다. 나는 일어나서 울
음을 터뜨렸다. 선생님이 말하고 있을 때, 카메라로 알세스트를 바라보느라 하나도 못
들었기 때문이다.

　"책상 밑에 숨기고 있는 게 뭐지요?"

　선생님이 물었다. 선생님이 '―요'라는 말을 쓰면 기분이 좋지 않다는 뜻이다. 나는
계속 울었다. 선생님이 다가와서 내 카메라를 보고는 가져가버렸다. 그리고는 나한테

0점을 줄 거라고 했다.

"성공했군."

알세스트가 말했다. 그러자 선생님은 알세스트에게도 0점을 주었다. 교실 안에서 음식 좀 그만 먹으라는 말도 했다. 선생님이 그런 말을 하니까 참 웃겼다. 알세스트는 정말 항상 먹기만 하니까 말이다.

"선생님, 저는 선생님이 하신 말씀 그대로 다시 말할 수 있는데요."

아냥이었다. 반에서 일등이고 선생님의 귀염둥이인 아냥 말이다. 수업은 계속되었다.

수업 끝나는 종이 울리자, 선생님이 나한테 애들이 모두 운동장으로 나갈 때까지 자리에서 기다리고 있으라고 했다. 아이들이 다 나가자 선생님은 이렇게 말했다.

"니콜라, 나는 너한테 벌을 주고 싶지 않아. 이건 네가 받은 좋은 선물이니까. 얌전하게 굴고, 교실 안에서는 갖고 놀지 않겠다고, 열심히 공부만 하겠다고 약속하면 0점 준 것 취소하고 카메라도 돌려줄게."

물론 나는 그러겠다고 약속했다. 선생님은 카메라를 돌려주면서 운동장에 나가서 아이들이랑 같이 놀라고 했다. 선생님은 정말 솔직했다. 그리고 멋졌다. 너무 멋졌다.

운동장으로 내려갔더니 아이들이 모두 나한테 몰려왔다.

"너 기다리느라고 죽는 줄 알았어."

알세스트가 버터빵을 먹으며 말했다.

"어? 선생님이 카메라 다시 줬네?"

조아생이 말했다.

"응, 우리 이걸로 사진 찍자. 다 모여봐!"

나는 아이들을 불러모았다. 아이들은 모두 내 앞으로 가까이 다가와 섰다. 아냥까지 말이다.

하지만 문제가 하나 있었다. 설명서에는 네 걸음 물러서서 찍으라고 되어 있는데, 나는 아직 어려서 다리가 짧으니까 말이다. 맥상이 대신 네 걸음을 세어주었다. 맥상은 다리가 아주 길고, 무릎도 커다랗고 지저분하다. 걸음을 다 세어주고 나서 맥상은 애들이 서 있는 데로 가서 섰다. 나는 카메라 안에 애들이 다 들어오는지 살펴보았다. 키가 큰 외드는 머리가 보이지 않았고, 맨 오른쪽에 서 있는 아냥은 얼굴이 반만 보였다. 알세스트도 샌드위치를 먹고 있어서 얼굴이 잘 안 보였다. 하지만 알세스트는 계속 먹고 싶다고 했다. 모두들 활짝 웃었다. 나는 찰칵! 사진을 찍었다. 아주 잘 나올 거다!

"네 카메라 멋지다." 외드가 말했다. "우리집에 가면 우리 아빠가 나한테 사준 카메

라가 있어. 그게 훨씬 더 더 좋아. 플래시도 달려 있다." 조프루아가 말했다. 그러자 아이들은 마구 떠들어대기 시작했다. "플래시가 뭔데?" 내가 물었다. "그건 번쩍! 하는 불빛이야. 불꽃놀이 할 때 쓰는 불꽃처럼 말이야. 그게 있으면 밤에도 사진을 찍을 수 있다구." 조프루아가 말했다. "거짓말이지? 너는 거짓말쟁이잖아." 내가 말했다. "따귀를 때려줄 거야." 조프루아가 말했다. "니콜라, 네 카메라 내가 들고 있을까?" 알세스트가 말했다. 알세스트 손에 버터가 잔뜩 묻어 있어서 카메라를 떨어뜨리지 않을까 걱정이 되었다. 나는 조심하라고 말하고, 알세스트한테 카메라를 넘겨줬다. 조프루아와 나는 싸우기 시작했다. 그때 부이옹 선생님(우리 학생주임 선생님인데, 부이옹이 진짜 이름은 아니다)이 달려와서 우리를 떼어놓았다.

"또 무슨 일이야?"

선생님이 물었다. "니콜라가 조프루아하고 싸우는 거예요. 니콜라 카메라에는 밤에 사진 찍을 수 있는 가짜 불꽃이 안 달려 있어서요." 알세스트가 대답했다.

"입에 음식을 넣은 채 말하지 말아라. 그런데 카메라라니, 무슨 얘기냐?"

알세스트가 선생님한테 카메라를 주었다. 부이옹 선생님은 그걸 압수해야겠다고 했다.

"아! 선생님 안 돼요. 안 돼요."

내가 소리쳤다.

"그래, 좋다. 하지만 내 눈을 잘 봐. 얌전히 굴고 싸움 같은 건 하지 마. 알았니?"

부이옹 선생님이 말했다. 나는 알았다고 대답했다. 그리고 나서 선생님 사진을 찍어

도 되냐고 물어보았다.

부이옹 선생님은 굉장히 놀란 표정으로 "내 사진을 찍겠다고?" 하고 물었다. "네, 선생님." 나는 대답했다. 부이옹 선생님은 미소를 지었다. 미소를 지으니까 아주 멋져 보였다.

"흠, 흠, 좋아. 하지만 빨리 찍어야 된다. 쉬는 시간 끝나는 종을 치러 가야 되거든."

부이옹 선생님이 말했다. 선생님은 한손은 주머니에 넣고, 다른 한손은 배 위에 올려놓은 채 한쪽 다리를 앞으로 내밀고 멀리 앞쪽을 바라보면서 운동장 한가운데 꼼짝 않고 서 있었다. 맥상이 네 걸음을 세어주었다. 나는 카메라로 부이옹 선생님을 바라보았다. 선생님 모습이 웃겼다. 찰칵, 나는 사진을 찍었다. 사진을 찍고 난 후, 부이옹 선생님은 종을 치러 갔다.

저녁에 아빠가 회사에서 돌아왔을 때, 나는 아빠 엄마 사진을 찍고 싶다고 말했다.

"잘 들어, 니콜라. 아빠는 지금 피곤해. 카메라 치우고 신문 좀 보게 해줘."

아빠가 말했다.

"당신 참 매정하네요. 애 하고 싶은 대로 좀 해주면 안 돼요? 사진을 찍으면 애한테 얼마나 큰 추억이 되겠어요."

엄마가 말했다. 아빠는 한숨을 크게 내쉬고는 엄마 옆으로 가서 섰다. 나는 사진을 찍었다. 엄마가 나를 안아주면서 나보고 엄마의 어린 사진가라고 말했다.

다음날 아빠가 필름을 빼서 현상을 하러 갔다. 아빠는 사진을 보려면 며칠 기다려야 할 거라고 했다. 흥분이 되어 기다리기가 힘들었다. 그리고 바로 어제 저녁에 아빠가 사진을 갖고 왔다.

"나쁘진 않군. 이건 학교 친구들이고, 이건 콧수염을 기른 남자, 그리고 이건……이건 집에서 찍은 건데, 너무 어둡게 나왔군. 꼭 바보같이 보이는데?" 아빠가 말했다. 엄마가 사진을 보려고 아빠 옆으로 갔다. 아빠가 엄마에게 사진을 보여주며 말했다.

"이것 좀 봐. 그래도 당신 아들이 아주 못 찍진 않았는데?"

아빠가 막 웃었다. 엄마는 아빠한테서 사진을 빼앗더니, 저녁이나 먹자고 했다.

내가 이해할 수 없는 건 엄마가 왜 의견을 바꾸었나 하는 거다. 엄마가 아빠 말이 맞았다고, 카메라는 역시 어린애를 위한 선물이 아니라고 말했으니 말이다.

저녁을 먹고 나서 엄마는 카메라를 옷장 높은 곳에 치워버렸다.

DU

축구

나는 외드, 조프루아, 알세스트, 아냥, 뤼퓌스, 클로테르, 맥상, 그리고 조아생과 함께 공터에 있었다. 내 친구들에 대해서 여러분에게 말을 했는지 잘 모르겠다. 하지만 이 공터에 대해서는 꼭 말하고 싶다. 이 공터는 정말 멋지다. 빈 통조림 깡통, 돌멩이, 고양이, 나뭇가지, 그리고 자동차도 있다. 바퀴가 없는 자동차이지만 우리는 이 자동차 안에서 재미있게 논다. '부릉부릉' 소리를 내며 버스 놀이도 하고 비행기 놀이도 한다. 정말 재미있다!

하지만 그날은 자동차 놀이를 하러 간 게 아니었다. 축구를 하러 갔다. 공을 갖고 있는 알세스트가 자기가 골키퍼를 한다는 조건으로 그걸 빌려주기로 했던 거다. 알세스트는 뛰는 걸 싫어해서 항상 골키퍼를 하고 싶어한다. 아빠가 부자인 조프루아는 축구 선수 유니폼을 입고 나타났다. 빨간색 흰색 파란색으로 된 셔츠에 하얀 반바지를 입었고, 빨간색 무릎 보호대, 긴 양말, 그리고 밑창에 스파이크가 달린 멋진 신발까지 신었다. 하지만 정작 무릎 보호대가 필요한 건 다른 애들이었다. 조프루아는, 축구 중계방송에서 해설자가 말하는 것처럼, 거친 선수니까 말이다. 스파이크 달린 신발 때문에 더 그랬다.

우선 포지션을 정해야 했다. 알세스트가 골키퍼고, 수비는 외드와 아냥이 맡기로 했다. 외드와 같은 편을 먹으면 참 좋다. 힘이 워낙 좋아서 모두들 외드를 무서워하기 때문이다. 하지만 외드는 힘만 센 게 아니다. 정말 거칠다! 아냥은 방해나 되지 말라고 외드랑 같은 포지션으로 끼워주었다. 아무도 걔를 밀치거나 찍어누르지 못하게 말이다. 아냥은 안경을 낀데다가, 툭하면 울기 때문에 아주 골치가 아프다. 하프백은 뤼퓌스, 클로테르, 그리고 조아생이 하기로 했다. 얘네들이 공격수인 우리에게 공을 넘겨주는 거다. 공격수는 세 명이었다. 사람 숫자가 모자라서 그렇게 됐다. 하지만 우리는 엄청 세니까 괜찮다. 맥상은 큼직하고 지저분한 무릎에 다리가 엄청 길고, 굉장히 빨리 뛴다. 나는 빵! 하고 멋진 슛을 날릴 수 있고, 마지막으로 조프루아는 스파이크 달린 신발이 있다. 포지션을 잘 정한 것 같아 무척 기분이 좋았다.

"시작해? 시작할까?"

맥상이 물었다.

“패스! 패스!”

조아생이 소리쳤다.

엄청 흥분이 됐다. 그런데 갑자기 조프루아가 “누구랑 대항해서 싸워? 상대편이 있어야지”라고 말했다.

조프루아 말이 맞았다. 상대편이 없으면 패스를 해봤자 아무 소용 없고, 재미도 없다. 나는 편을 두 개로 가르는 게 어떻겠냐고 했다. 하지만 클로테르는 “편을 가른다고? 절대 안 돼!”라고 말했다. 그건 카우보이 놀이 할 때 편을 가르고 싶어하는 사람이 하나도 없는 것과 마찬가지라고 했다.

그때 다른 학교 애들이 왔다. 우리는 그애들을 좋아하지 않는다. 그 녀석들은 모두 바보다. 그애들이 공터에 왔다 하면 언제나 우리랑 싸움이 난다. 우리는 공터가 우리 거라고 하고, 걔네들은 자기네 거라고 하기 때문이다. 하지만 축구를 하고 싶었기 때문에 그날은 그애들이 온 게 반가웠다.

“야! 우리랑 축구 할래? 우리한테 공이 있거든.”

내가 그애들에게 물었다.

“너희들이랑 축구를 하자고? 야, 우린 장난은 안 해!”

지난달에 염색을 해서 머리카락이 빨갛게 된 클라리스 이모처럼 빨간 머리를 한 비쩍 마른 애가 대답했다.

“이게 왜 장난이야, 이 바보야!”

뤼퓌스가 말했다.

"너, 지금 나한테 시비 거는 거면 한 방 먹여줄 거야."

빨간 머리 애가 말했다.

"여기서 나가. 이 공터는 우리 거니까."

치아 교정기를 낀 키 큰 애가 말했다.

아냥은 어서 나가자고 했다. 하지만 우린 그럴 수가 없었다.

"천만에. 공터는 우리 거야. 너희들 우리랑 축구하는 게 겁나서 괜히 그러는 거지? 우리가 너무 막강해서 말야!"

클로테르가 말했다.

"막강한 게 아니라 막가는 거겠지."

치아 교정기를 낀 키 큰 애가 받아쳤다. 그애랑 같이 온 애들이 모두 낄낄거리며 웃었다. 나도 속으로는 우스웠지만 꾹 참았다. 그때 외드가 아무 말도 안 하고 옆에 서 있던 조그만 애한테 주먹을 날렸다. 그런데 하필이면 그애가 치아 교정기를 낀 애의 동생이었다. 일은 그렇게 된 거다.

"이봐, 한번 더 덤벼봐."

치아 교정기 낀 키 큰 애가 외드에게 으르렁거렸다.

"형, 지금 열받았지? 그치?"

외드한테 얻어맞은 키 작은 애가 자기 형 옆에 꼭 붙어서 코를 감싸쥔 채 말했다. 그러고 있는데, 조프루아가 클라리스 이모 같은 빨간 머리를 한 비쩍 마른 애의 다리를 걸어찼다.

아냥만 빼고 전부 엉겨붙어 싸우기 시작했다. 아냥은 한쪽에 서서 울면서 "안경, 나는 안경을 꼈단 말야" 하고 소리치고 있었다. 정말 멋진 광경이었다. 그런데 갑자기 아빠가 나타났다.

"너희들 고함치는 소리가 집까지 들린다. 이 깡패 녀석들아!"

아빠가 소리를 질렀다.

"그리고 너, 니콜라, 지금 몇신 줄이나 알아?"

아빠는 말을 다 하고 나서, 나랑 싸우고 있던 덩치 큰 바보의 멱살을 잡아 나한테서 떼어놓았다.

"이거 놔요! 안 그러면 우리 아빠를 부를 거예요. 우리 아빠는 세무관이에요. 우리 아빠한테 말해서 세금을 왕창 매기라고 해버릴 거라구요!"

덩치 큰 바보가 몸을 비틀어대며 외쳤다. 그러자 아빠는 그 덩치 큰 바보를 놓아주었다. 그리고는 "좋아, 좋아, 됐어. 시간이 너무 늦었다. 부모님이 걱정하실 거야. 그런데 너희들 왜 싸웠니? 좀 얌전히 놀 수는 없었니?" 하고 물었다.

"얘네들이 우리랑 축구 시합 하는 걸 무서워해서 싸웠어요!"

내가 얼른 대답했다.

"우리가 무서워한다구? 우리가 무서워해? 무서워한다구?"

치아 교정기를 낀 키 큰 애가 소리질렀다.

"됐어! 그만! 그래, 무서워하지 않는다면 왜 시합을 안 한 거냐?"

아빠가 물었다.

"쟤네들은 막가는 애들이니까요. 그게 이유예요."

덩치 큰 바보가 대답했다.

"막간다구? 우리 팀 공격수들이? 맥상하고 나하고 조프루아가? 너네 지금 농담하냐?"

나는 덩치 큰 바보에게 소리를 질렀다.

"조프루아? 어디 보자, 조프루아는 백을 맡아야 하는데. 조프루아는 별로 발이 빠르지 않잖아."

아빠가 말했다.

"아니에요. 저는 축구화도 신었어요. 유니폼도 입었구요. 그리고……."

조프루아는 그래도 공격수를 하고 싶었는지 아빠에게 변명을 늘어놓았다.

"그럼 골키퍼는 누구냐?"

아빠가 물었다.

우리는 포지션을 어떻게 짰는지 아빠한테 설명해줬다. 아빠는 포지션 구성이 나쁘지는 않지만 훈련이 좀 필요할 것 같으니, 아빠가 직접 가르쳐주겠다고 했다. 젊었을 때 아빠는 국가대표가 될 뻔했다.(아빠는 샹트클레라는 팀에서 라이트 윙으로 뛰었었다.) 만약 결혼을 안 했다면 정말 국가대표가 되었을 거다. 내가 보지 못해서 잘은 모르지만 우리 아빠는 정말 대단한 것 같다.

"자, 다음주 일요일 날 학교 대항으로 여기서 시합을 하는 거야. 내가 심판을 볼 테니까. 어때?"

"쟤네들이 싫다고 할 걸요. 겁쟁이들이거든요."

맥상이 큰 소리로 외쳤다.

"아니에요, 아저씨. 우린 겁쟁이 아니에요. 좋아요. 다음 일요일 세시에 시합해요…… 너희들 그때 보자구!"

빨간 머리 애가 나서서 말했다. 그리고 나서 다른 학교 애들은 모두 집으로 돌아갔다.

아빠는 우리와 함께 남았다. 아빠가 훈련을 시작했다. 아빠는 알세스트한테 공을 찼다. 공은 알세스트가 서 있는 골대 안으로 들어갔고, 알세스트는 다시 아빠한테 공을 찼다. 아빠는 어떻게 패스를 하는 건지 우리에게 보여주었다. 아빠가 공을 보내면서 말했다. "자, 클로테르. 이리 패스해봐!" 그런데 그 공이 아냥한테 가서 맞았다. 안경이 날아갔고, 아냥은 울기 시작했다.

그러고 있는데, 엄마가 왔다.

"세상에! 지금 여기서 뭐하는 거예요? 애 찾아오라고 했더니 찾으러 간 사람까지 깜

깜 무소식이니. 저녁이 다 식잖아요!"

엄마가 아빠한테 핀잔을 주었다.

아빠는 얼굴이 빨개져서, 내 팔을 잡고 말했다.

"자, 니콜라, 그만 돌아가자!"

엄마는 저녁 먹으면서 식탁에서 계속 웃었다. 그리고 아빠한테 소금 좀 집어달라고
하면서 이렇게 말했다.

"나한테 패스해요, 코파!"

엄마들은 스포츠를 잘 이해하지 못한다. 하지만 상관없다. 다음 일요일 날은 정말
멋진 날이 될 거다.

전반전

1. 어제 오후, 공터 축구장에서 니콜라 아빠가 감독을 맡은 니콜라 친구들 팀과 다른 학교 아이들 사이에 축구 시합이 있었습니다. 니콜라 팀의 포지션은 아래와 같았습니다.
골키퍼 : 알세스트, 백 : 외드와 클로테르, 하프백 : 조아셍, 뤼퓌스, 아냥, 라이트 윙 : 니콜라, 중앙 공격수 : 조프루아, 레프트 윙 : 맥상, 심판은 니콜라 아빠였습니다.

2. 보시는 바와 같이 중앙 공격수가 하나밖에 없습니다. 인원이 두 사람 부족하기 때문에 니콜라 아빠는 작전을 잘 짜야 했습니다.(훈련의 결정적인 요점이 바로 이것이었습니다.) 작전은 반격을 잘하는 것입니다. 공격적인 성격의 니콜라는 퐁텐에 비할 만하고, 순발력 있고 임기응변에 뛰어난 맥상은 피안토니에 비할 만합니다. 조프루아는 딱히 누구랑 닮은 것은 아니지만 팀을 완벽하게 받쳐주고 있어, 중앙 공격수로는 안성맞춤입니다.

3. 경기는 오후 3시 40분경에 시작되었습니다. 초반 골대 앞에서의 실책에 이어, 레프트 윙이 강력하게 집중 공격을 가하자 알세스트는 골대를 향해 똑바로 날아오는 볼을 피하기 위해 다이빙하듯 몸을 날려야 했습니다. 다행히 골은 들어가지 않았지만, 심판은 손을 사용하면 안 된다는 것을 양팀 주장들에게 상기시켰습니다.

4. 5분 경과했습니다. 경기는 계속 경기장 중앙에서 펼쳐졌습니다. 개 한 마리가 와서 알세스트의 도시락을 먹어버렸습니다. 종이와 끈으로 세 겹이나 싸놓았는데도 말입니다.(결국 알세스트는 도시락을 못 먹었지요.) 이 사건은 골키퍼를 몹시 교란했고,(골대를 지키는 일이 얼마나 중요한지는 모두들 아시겠죠.) 7분이 경과했을 때 알세스트는 결국 첫번째 골을 먹고 말았습니다……

5. 그리고 8분이 경과했을 때 또다시 두번째 골을 먹었습니다…… 9분이 경과했을 때 주장인 외드는 알세스트에게 레프트 윙으로 포지션을 교체할 것을 권했습니다. 대신 맥상이 골키퍼를 맡았습니다.(이건 우리가 보기에는 실수인 것 같은데요. 알세스트는 공격수보다는 수비수 기질이 아닌가요.)

6. 14분이 경과했을 때, 소나기가 심하게 쏟아지기 시작했습니다. 대부분의 선수들이 비를 피하려고 이리저리 뛰었습니다. 니콜라는 상대팀 선수와 대치하며 그라운드에 남아 있었지요. 하지만 득점은 없었습니다.

7. 20분이 경과했을 때, 라이트 하프인지 레프트 윙인지인(별로 상관없는 얘기지만요) 조프루아가 멋진 슛을 날렸습니다.

8. 공은 나이 드신 어머니를 방문하러 가고 있던 샤포 씨에게 맞았습니다.

9. 샤포 씨는 충격 때문에 균형을 잃었고, 그러는 바람에 이십 년째 원수 사이로 지내던 샤드포 씨 집 안으로 들어가게 되었습니다.

10. 드로잉을 하려고 하는 순간 샤포 씨가 (아마도 자기만 아는 길인 듯한 곳을 통해) 다시 공터에 나타나, 공을 낚아채버렸습니다.

11. 혼란스러운 5분이 지난 후에(그러니까 이때는 경기 시작 후 25분이 경과되었을 때지요.) 경기가 재개되었습니다. 빈 통조림 깡통이 볼을 대신했죠. 27분, 막 28분째 경과하고 있을 때, 알세스트가 드리블을 해서 골을 넣었습니다.(가볍고 속이 빈 얇은 통조림 깡통이 아니었다면 불가능한 일이었죠.) 니콜라네 팀은 3 대 2까지 스코어를 이끌어냈습니다.

12. 30분 경과했을 때, 샤포 씨가 다시 공을 가져왔습니다.(나이 드신 샤포 씨의 어머니가 그렇게 하라고 했고, 또 샤포 씨의 기분이 좋아졌기 때문이지요.) 통조림 깡통은 이제 필요없어서 멀리 던져버렸습니다.

13. 31분 경과했을 때, 니콜라가 상대편 방어를 뚫고 레프트 윙인(아니, 중앙 공격수라고 하는 게 맞겠군요.) 뤼퓌스 앞으로 똑바로 볼을 보냈습니다. 뤼퓌스는 클로테르에게 패스했고, 클로테르는 왼발로 힘껏 볼을 찼습니다. 그러나 볼은 아무도 예상치 못한 곳으로 날아갔습니다. 심판의 배에 맞은 것입니다. 심판은 희미한 목소리로 양팀 주장에게 말했습니다. "전반전은 다 끝났다. 소나기 때문에 좀 힘들긴 했지만 오히려 그 때문에 공기가 선선해져서 괜찮았어. 후반전은 다음주에 여는 게 좋겠다!"

후반전

1. 팀을 보다 더 효율적으로 구성하는 문제 때문에, 니콜라 아빠와 다른 아빠들 사이에 일 주일 내내 전화가 오갔습니다. 외드가 레프트 윙을 맡고 조프루아가 백을 맡기로 했습니다. 아빠들이 모이자 작전에 대한 여러 가지 의견이 나왔습니다. 경기 초반에 득점을 하고 그 다음엔 수비 위주로 경기를 하다가 마지막에 밀어붙여 점수를 더 얻어야 한다는 거였습니다. 이 지시만 잘 따라준다면 이미 3 대 2니까 5 대 2 정도의 승산은 있다는거죠. 오후 4시 3분, 경기가 시작되었을 때, 아빠들(니콜라 아빠, 니콜라 친구들 아빠, 그리고 다른 학교 아빠들)이 모두들 경기장에 모여 있었습니다. 정말 열광적인 분위기였습니다.

2. 아빠들 함성이 가득했습니다. 덕분에 선수들은 사기가 충천했지요. 초반 몇 분 동안은 별다른 일이 일어나지 않았습니다. 뤼퓌스가 맥상 아빠의 등을 향해 숫을 날리고, 클로테르가 패스를 잘 못했다고 자기 아빠한테 따귀를 맞은 것만 빼면요. 이번엔 조아생이 주장이었습니다.(5분마다 주장을 바꿔서 모든 선수들이 한 번씩 주장을 할 수 있게 했거든요.) 조아생이 소변을 보러 가기 위해 잠시 휴식을 요청했습니다. 클로테르는 아빠한테 따귀를 맞은 것 때

문에 충격을 받아서 자기 포지션을 제대로 지킬 수가 없었습니다. 클로테르 아빠가 대신 뛰겠다고 나섰습니다. 다른 학교 애들이 항의를 했습니다. 그렇다면 아빠들끼리 경기를 하는 것이 공평하다는 거였습니다.

3. 아빠들 사이에서는 기대와 흥분의 분위기가 고조되었습니다. 아빠들은 코트, 양복 윗도리, 목도리를 벗었습니다. 그리고 아이들에게 조심하라고, 너무 가까이 오지 말라고 하면서 공터 한가운데로 뛰어나왔습니다. 볼을 어떻게 다루는 건지 제대로 보여주겠다고 했습니다.

4. 니콜라 팀 아빠들, 그리고 다른 학교 아빠들은 경기 초반부터 격돌했고, 아이들은 아빠들이 축구 하는 모습을 지켜보았습니다.

5. 그러다가 아이들은 텔레비전에서 하는 〈일요 스포츠〉를 보러 클로테르네 집에 가기로 결정했습니다. 만장일치였죠.

6. 쌍방이 모두 결정적 슛을 날리려고 애쓰는 가운데 시간은 흘러갔습니다. 반대 방향에서 바람이 불어오는 것도 상관없을 정도였습니다. 16분이 경과했을 때, 다른 학교 아빠 한 명이 역시 다른 학교 아빠인 듯한 사람 쪽으로 멋지게 패스를 했습니다. 하지만 그 사람은 다른 학교 아빠가 아니라 조프루아 아빠였습니다. 조프루

아 아빠는 패스된 볼을 받아 찼습니다. 볼은 상자들과 통조림 깡통, 그리고 고철 더미들이 있는 곳 한가운데로 날아갔습니다. 바람 빠지는 소리가 나더니 공 안에서 용수철이 이리저리 튀어나왔습니다. 몇 분간의 토론 끝에 경기를 계속하기로 했습니다, 공 대신 통조림 깡통으로요. 안 될 게 뭐 있겠어요?

7. 36분 경과했을 때, 백을 맡고 있던 뤼퓌스 아빠가 주둥이를 벌린 채 제자리에서 빙빙 돌고 있던 통조림 깡통을 막아 세우고는 손으로 집어들었습니다. 심판(다른 학교 아빠 한 명의 동생. 니콜라 아빠는 윙을 맡았습니다.)은 호각을 불어 반칙을 선언했습니다. 몇몇 선수들(니콜라 아빠와 니콜라 친구들의 아빠들 전부)의 항의에도 불구하고, 결국 페널티 킥이 선언되었습니다. 클로테르 아빠가 골문을 지켰는데, 분하게도 통조림 깡통을 막아내지 못했습니다. 동점골이었습니다. 스코어는 3 대 3이 되었습니다.

8. 경기는 몇 분밖에 남지 않았습니다. 아빠들은 경기에 지게 되면 아이들이 실망할까 봐 걱정이 되었고, 경기에 임하는 태도도 최악이 되었습니다. 다른 학교 아빠들이 수비를 하기 시작했는데, 통조림 깡통에 두 발을 갖다 대기도 하고, 다른 사람이 통조림통을 채가지 못하게 방해하기도 했습니다. 경찰인 뤼퓌스 아빠가 갑자기 앞으로 나왔습니다. 드리블을 하면서 상대팀 아빠 두 사람을 제치더니, 골대 앞으로 전속력으로 달려갔습니다. 깨끗한 슛이었습니다. 멋진 골이었습니다. 니콜라와 친구들의 아빠들 팀이 4 대 3으로 승리했습니다.

9. 경기 후, 승리한 팀이 모여 찍은 기념 사진입니다. 서 있는 사람들은 왼쪽부터 오른쪽으로, 맥상 아빠와 뤼퓌스 아빠(이번 경기의 영웅), 외드 아빠(왼쪽 눈을 다친 사람), 조프루아 아빠, 알세스트 아빠. 앉아 있는 사람들은 조아생 아빠, 클로테르 아빠, 니콜라 아빠(외드 아빠와 부딪쳐서 왼쪽 눈을 다쳤습니다.), 그리고 아냥의 아빠입니다.

미술관 견학

오늘 나는 아주 기분이 좋다. 담임 선생님이 미술관에 데려가서 그림을 보여줬기 때문이다. 다같이 밖에 나오니까 정말 재미있었다. 하지만 선생님이 너무 점잖게만 있어서 좀 그랬다. 선생님은 밖에 나오는 게 별로 좋지 않은가 보았다.

차가 와서 우리를 미술관에 데려다주기로 되어 있었는데, 학교 바로 앞에는 차를 세울 수가 없어서 우리가 찻길을 건너가야 했다.

"두 사람씩 손을 잡고 줄을 서요. 그리고 조심해요!"

선생님이 말했다. 하지만 나는 별로 그러고 싶지 않았다. 내 짝은 알세스트이기 때문이다. 알세스트는 굉장히 뚱뚱하고 항상 뭔가 먹고 있는 친구다. 나는 알세스트를 굉장히 좋아하긴 하지만, 그애하고 손잡는 건 기분이 좋지 않다. 손에 항상 기름이 묻어 있어서 끈적거리니까. 그애가 뭘 먹었느냐에 따라 조금 달라지긴 하지만 말이다. 오늘은 운이 좋았다. 알세스트 손이 끈적거리지 않았던 거다.

"알세스트, 너 오늘 뭐 먹었어?"

나는 알세스트에게 물어보았다.

"비스킷."

알세스트가 대답했다. 그애 얼굴을 보니, 비스킷 조각이 잔뜩 묻어 있었다.

맨 앞줄 선생님 옆에는 아냥이 있었다. 아냥은 반에서 일등이고 선생님의 귀염둥이이다. 우리는 그애를 별로 안 좋아하지만 때리지는 않는다. 안경을 끼고 있기 때문이다. "앞으로 가!" 아냥이 소리쳤고, 우리는 길을 건너기 시작했다. 경찰 아저씨가 우리가 지나갈 수 있도록 차들을 세워주었다.

그런데 갑자기 알세스트가 내 손을 놓더니, 되돌아가야 한다고 말했다. 교실에다 캐러멜을 두고 왔다는 거다. 말을 마친 알세스트는 반대쪽으로 길을 건너기 시작했다. 작은 소동이 일어났다.

"알세스트는 어딜 가는 거지? 어서 이리 돌아와!"

선생님이 소리질렀다.

"알세스트는 어딜 가는 거지? 어서 이리 돌아와!"

아냥이 선생님을 따라 말했다.

외드는 아냥이 이렇게 말한 게 기분 나쁜 것 같았다. 힘이 아주 센 외드는 아이들 코에 주먹을 날리는 걸 좋아한다.

"이 샌님아, 네가 왜 끼어드는 거야? 코에다 한 방 날려줄까?"

외드가 아냥에게 말했다. 아냥은 선생님 뒤로 가 숨더니, 안경을 낀 사람을 때리면 큰일난다고 말했다. 키가 커서 줄 뒤쪽에 서 있던 외드는 애들을 이리저리 떠밀면서 앞으로 나와 아냥 있는 데로 가더니, 아냥 안경을 벗겼다. 그리고 아냥 코에 주먹을 날리려고 했다.

"외드, 네 자리로 돌아가!"

선생님이 소리쳤다.

"그래, 외드. 네 자리로 돌아가!"

아냥이 또 선생님을 따라 말했다. 그때 경찰 아저씨가 와서, "여러분을 방해하고 싶지는 않습니다만, 차들을 세워둔 뒤 시간이 꽤 지났습니다. 횡단보도 위에서 수업을 할 생각이었다면 제게 말씀을 하셨어야죠. 그러면 차들은 학교 안으로 지나가게 하면 될 테니까요!" 하고 말했다. 와! 우리는 그 광경이 정말 보고 싶었다. 하지만 선생님은 얼굴이 빨개지더니 우리보고 어서 차에 올라타라고 했다. 장난칠 상황이 아니었다. 모두들 선생님 말대로 했다.

우리 차가 시동을 걸고 출발하자, 경찰 아저씨는 다른 차들이 지나갈 수 있게 손으로 신호를 보냈다. 그런데 갑자기 끼익, 하는 브레이크 소리와 함께 비명 소리가 들렸다. 한 손에 캐러멜 통을 든 알세스트가 뛰어서 길을 건너오고 있었던 거다.

마침내 알세스트가 차에 올라탔고, 우리는 무사히 출발할 수 있었다. 차가 막 길모퉁이를 지나려 할 때 뒤를 돌아보니, 경찰 아저씨가 손에 하얀 지시봉을 든 채 뒤엉킨 차들 사이에 털썩 주저앉아 있었다.

우리는 미술관 안으로 들어갈 때 아주 얌전하게 줄을 섰다. 왜냐하면 우리는 선생님을 굉장히 좋아하기 때문이다. 그리고 선생님이 아빠가 카펫 위에 담뱃재를 흘렸을 때 엄마가 짓는 것과 비슷한 신경질적인 표정을 하고 있었기 때문이다. 우리는 그림들이 엄청 많이 걸려 있는 큰 전시실 안으로 들어갔다.

"여러분은 여기서 플랑드르 파의 거장들이 그린 그림들을 보게 될 거예요."

선생님이 설명을 시작했다. 하지만 선생님은 설명을 계속할 수가 없었다. 알세스트가 그림물감이 말랐나 안 말랐나 보려고 그림에 손가락을 대서, 관리인 아저씨가 소리를 지르며 달려왔기 때문이다. 관리인 아저씨는 그림에 손을 대면 안 된다고 말했고, 알세스트는 물감이 다 말라 있으니까 만져도 그림이 더러워질 염려가 없다고 말했다. 알세스트와 관리인 아저씨는 그 자리에서 토론을 벌이기 시작했다. 선생님은 알세스트한테 가만히 있으라고 한 다음, 관리인 아저씨에게 학생들을 잘 감시하겠다고 약속했다. 관리인 아저씨는 머리를 흔들면서 가버렸다.

선생님이 다시 설명을 시작했을 때, 우리는 미끄럼 타기 놀이를 했다. 아주 재미있었다. 바닥이 타일로 되어 있어서 잘 미끄러졌다. 우리는 다같이 미끄럼을 타면서 놀았다. 그림을 보면서 설명하느라고 등을 돌리고 서 있던 선생님, 그리고 선생님 옆에서 필기를 하고 있던 아냥만 빼고 말이다. 알세스트는 놀다 말고 생선과 비프스테이

크와 과일을 그려놓은 그림 앞으로 갔다. 그리고는 침을 흘리며 그 그림을 쳐다보았다.

정말 재미있었다. 특히 외드는 미끄럼을 참 멋지게 탔다. 전시실 끝에서 끝까지 미끄럼 한 번으로 왔다갔다했다. 우리는 실컷 미끄럼 타기를 한 다음, 등 짚고 뛰어넘기 놀이를 시작했다. 하지만 곧 멈춰야 했다. 아냥이 뒤를 돌아보고는 "선생님, 쟤네들 보세요. 장난치고 있어요"라고 말했기 때문이다. 화가 난 외드가 아냥에게 다가갔다. 마침 닦으려고 안경을 벗어 들고 있던 아냥은 외드가 오는 걸 보지 못했다. 아냥은 운이 없었다. 안경만 벗고 있지 않았다면 코를 얻어맞지 않았을 텐데 말이다.

관리인 아저씨가 와서 선생님한테 우리를 데리고 나가는 게 낫지 않겠냐고 말했다. 선생님은 잘 알겠다고 대답했다.

미술관 밖으로 나오면서 보니, 알세스트가 관리인 아저씨한테 다가가고 있었다. 알세스트는 자기가 보고 있던, 생선과 비프스테이크와 과일이 그려진 그림을 팔에 끼고 관리인 아저씨에게 가서, 그 그림을 사고 싶다고 했다. 알세스트는 관리인 아저씨가 값을 얼마나 부를지 궁금해했다.

모두 미술관 밖으로 나왔을 때, 조프루아가 선생님한테 그림을 좋아한다면 자기네 집에 오시라고 했다. 자기네 엄마 아빠가 그림을 수집하는데, 본 사람들이 모두들 멋지다고 말한다는 거였다. 선생님은 손으로 얼굴을 감싸더니, 앞으로 평생 동안 그림은 절대 보고 싶지 않고, 그림에 대해

말하는 것도 듣고 싶지 않다고 했다.

　선생님이 왜 그렇게 하루 종일 기분이 안 좋아 보였는지 드디어 이해가 됐다. 사실 선생님은 그림 같은 것은 안 좋아했던 거다.

행진

동상 제막식 때 행진을 하게 되었다. 오늘 아침 조회 시간에 교장 선생님이 말해준 거다. 클로테르는 꾸벅꾸벅 졸다가 벌을 받았다. 벌로 목요일 날 학교에 나와야 한다고 말해주려고 깨우니까, 클로테르는 깜짝 놀라 울기 시작했다. 굉장히 시끄러웠다. 나는 차라리 클로테르를 깨우지 말고 자도록 내버려두는 게 나았을 뻔했다고 생각했다.

"여러분, 제막식에는 정부 대표들과 보병대가 와서 자리를 빛내줄 거예요. 그리고 우리 학교 학생들은 그 동상 앞을 행진하고 헌화도 하는 특권을 갖게 될 겁니다. 나는 여러분들을 믿어요. 여러분들은 믿음직스러운 어린이들이니까 잘 해낼 수 있을 거예요.”

교장 선생님이 말했다. 교장 선생님은 오전 시간이 끝날 때쯤 해서 바로 연습을 시작하자고 했다. 오전 끝 무렵은 문법 시간이었다. 교장 선생님이 교실을 나가자, 우리는 한꺼번에 떠들기 시작했다. 우리는 행진하는 게 아주 멋질 거라고 생각했고, 그래서 다들 기분이 좋았던 거다. 그때 담임 선생님이 자로 교탁을 두드렸다. 우리는 조용히 하고 산수 문제를 풀었다.

문법 시간이 되자 선생님이 운동장으로 나가라고 했다. 우리는 운동장에서 교장 선생님과 부이옹 선생님을 기다렸다. 부이옹 선생님은 우리 학생주임 선생님인데, 우리는 선생님을 부이옹이라고 부른다. 왜냐하면 선생님은 항상 “내 눈을 봐”라고 말하는데, 그럴 때 선생님 눈을 들여다보면 부이옹 수프(고기, 야채 등을 삶아서 만드는 수프—옮긴이)에 떠 있는 뿌연 기름 덩어리처럼 눈동자만 동동 떠 있기 때문이다. 하지만 이 이야기는 언젠가 한 번 한 것 같다.

“아! 모두들 모였군. 뒤봉 선생님, 이 학생들이랑 어른들 못지 않게 잘 해내리라고 기대합니다.”

교장 선생님이 말했다. 교장 선생님은 부이옹 선생님을 뒤봉 선생님이라고 부른다. 부이옹 선생님이 웃으면서 자기는 하사관이었으니까, 학생들을 잘 훈련시켜 멋진 행진이 되도록 하겠다고 말했다.

“나중에 이 학생들이 행진하는 걸 보면 학생들이 해낸 거라고 믿지 못하실 겁니다,

교장 선생님."

부이옹 선생님이 말했다.

"정말 선생님 말대로 되었으면 좋겠군요."

교장 선생님이 말했다. 그리고 크게 한숨을 쉬고 나가버렸다.

"좋아, 행진을 하려면 기준이 되는 사람이 필요하다. 기준은 나머지 사람들을 감독하고, 나머지 사람들은 기준한테 보조를 맞추는 거야. 보통은 가장 큰 사람이 기준을 한다. 알겠나?"

부이옹 선생님이 말했다. 그리고 나서 부이옹 선생님은 우리들을 둘러보더니, 맥상을 가리키며 말했다.

"너, 네가 기준을 한다."

그러자 외드가 말했다.

"아니에요. 맥상이 가장 크지 않아요. 다리가 길어서 그렇게 보이는 것뿐이에요. 내가 쟤보다 더 커요."

"너 농담하냐? 내가 더 커. 알베르트 고모가 어제 우리집에 왔었는데, 내 키가 계속 크고 있다고 말했단 말야. 나는 매일매일 자라고 있다구."

맥상이 말했다.

"한번 재볼래?"

외드가 제안했다. 맥상은 그러자고 했다. 둘은 등을 맞대고 섰다. 하지만 누가 더 큰지 잘 알 수가 없었다. 부이옹 선생님이 소리를 지르더니 우리보고 삼열 종대로 서라고 했다. 어떻게 하는 건지 잘 몰랐지만 어쩌다 보니까 줄을 서게 되었다. 줄을 다 서고 나자 부이옹 선생님도 우리 앞에 섰다. 선생님은 잠깐 눈을 감았다가, 손짓을 해가면서 말했다.

"자, 왼쪽으로 조금 이동! 니콜라, 오른쪽으로! 네가 왼쪽으로 튀어나와 있잖아. 옳지. 그리고 너! 너는 오른쪽으로 튀어나와 있어!"

알세스트는 너무 뚱뚱해서 몸이 양쪽으로 다 튀어나왔다. 정말 우스웠다. 줄을 다 정돈하고 나자, 부이옹 선생님은 아주 기분 좋은 표정이 되었다. 양손을 마주 비비고 나서 선생님은 우리한테 등을 돌리고 서서 외쳤다.

"제군들, 내 명령을 따르라……."

"헌화가 뭐예요, 선생님?"

갑자기 뤼퓌스가 물었다.

“교장 선생님이 동상 앞에서 헌화를 할 거라고 했잖아요.”

“그건 꽃다발을 바치는 거야.”

아냥이 끼어들었다. 아냥은 정말 바보다. 자기가 반에서 일등이고 선생님의 귀염둥이라고 뭐든지 다 안다고 생각한다.

“대열 속에서는 조용히 해! 제군들, 내 명령을 따르라. 자, 전진……”

부이옹 선생님이 말했다.

“선생님! 외드가 저보다 더 커 보이려고 발끝으로 서 있어요. 속임수를 쓰고 있다구요!”

맥상이 소리쳤다.

“이 더러운 고자질쟁이!”

외드도 큰 소리로 고함을 쳤다. 그리고는 맥상의 얼굴에다 주먹을 날렸다. 그러자 맥상은 외드를 발로 걷어찼고, 다른 애들은 싸우는 걸 구경하려고 맥상과 외드를 빙 둘러쌌다. 정말 굉장했다. 그애들 둘은 우리 반에서 제일 힘센 애들이니까 말이다.

부이옹 선생님이 소리를 지르며 달려왔다. 선생님은 맥상과 외드를 떼어놓고 둘 다 목요일에 학교에 나오라고 벌을 주었다. “에잇! 지겨워.” 맥상이 얼굴을 찡그리며 말했다. 클로테르가 그런 맥상을 보더니 웃어대기 시작했다.

부이옹 선생님은 클로테르에게도 목요일에 학교에 나

오라고 벌을 주었다. 클로테르가 이미 목요일에 학교 나오는 벌을 받았다는 걸 부이옹 선생님은 몰랐나 보다.

부이옹 선생님은 손으로 얼굴을 감싸고 잠시 있더니, 우리한테 다시 줄을 서라고 했다. 하지만 쉽지가 않았다. 우리가 너무 많이 움직여, 줄이 다 흩어져버렸기 때문이다. 부이옹 선생님은 가만히 서서 아주 오랫동안 우리들을 바라보았다. 우리도 선생님을 쳐다보았다. 장난을 할 때가 아닌 것 같았다. 조금 있다가 부이옹 선생님이 뒤로 돌더니 선생님 바로 뒤에 서 있던 조아생에게로 다가갔다. 부이옹 선생님은 시뻘게진 얼굴로 소리쳤다.

"넌 어디 갔다 온 거야?"

"물 마시러 갔다 왔어요. 맥상하고 외드가 오랫동안 싸울 것 같아서요."

조아생이 대답했다. 부이옹 선생님은 조아생한테도 벌을 주고는 다시 제자리로 돌아가라고 했다.

"내 눈을 잘 봐. 이제 손으로만 명령을 할 거다. 그러면 그대로 따라해야 하는 거야. 이번에도 또 움직이는 사람은 퇴학을 시켜버리겠다. 알겠나?"

부이옹 선생님은 다시 뒤로 돌더니 팔을 들고 소리쳤다.

"제군들, 내 명령을 따르라! 전진…… 앞으로 갓!"

선생님은 앞장서서 뻣뻣한 자세로 몇 발자국 걸어갔다. 그리고는 뒤를 돌아보았다. 하지만 우리는 제자리에 그대로 서 있었다. 저번 일요일에 아빠가 호스로 물을 뿌려 이웃에 사는 블레뒤르 씨를 온통 젖게 했을 때처럼 부이옹 선생님도 엄청 열받은 것 같았다.

"왜 하라는 대로 안 하는 거지?"

부이옹 선생님이 물었다.

"피, 선생님이 움직이지 말라고 하셨잖아요."

조프루아가 말했다.

부이옹 선생님의 얼굴이 일그러졌다.

"너희들 때문에 정말 못 살겠다. 이 감옥에 갈 놈들! 야만인들!"

선생님이 큰 소리로 고함을 지르자, 우리들 가운데 몇몇은 무서워서 울기 시작했다. 교장 선생님이 달려왔다.

"뒤봉 선생님. 내 방에서 다 들었습니다. 이건 어린 학생들한테 쓸 방식이 아닌 것 같군요. 선생님은 지금 군대를 훈련시키고 있는 게 아니란 말입니다."

교장 선생님이 말했다.

"군대라구요? 그래요. 저는 완벽한 저격병 상사였습니다. 그리고 이 아이들은 한낱 조무래기들일 뿐이구요. 지금 이 떨거지 조무래기들하고 저격병을 비교하시는 겁니까!"

부이옹 선생님이 소리쳤다.

그리고는 손을 휘휘 내저으면서 가버렸다. 교장 선생님은 부이옹 선생님 뒤를 따라가면서 "자, 자, 뒤봉 선생님, 진정하세요, 진정해요" 하고 말했다.

동상 제막식은 아주 멋졌다. 교장 선생님이 생각을 바꿔, 우리는 행진은 안 하고 그냥 군인들 뒤에 있는 계단식 좌석에 앉아 있었다. 유감이었던 것은 그날 부이옹 선생님이 그 자리에 오지 않았다는 거다. 부이옹 선생님은 가족과 함께 좀 쉬려고 이 주일 예정으로 아르데슈에 갔다고 했다.

Sempé

선물

담임 선생님한테 줄 선물을 사려고 친구들이랑 돈을 모았다. 내일이 선생님의 세례명 축일이기 때문이다. 우선 잔돈부터 셌다. 산수를 제일 잘하는 아냥이 계산을 했다. 조프루아가 5천 프랑짜리 지폐를 가져와서 우리는 기분이 좋았다. 자기 아빠가 준 거라고 했다. 그애 아빠는 아주 부자고, 걔가 원하는 건 뭐든지 다 준다.

"전부 5천2백7 프랑이야. 이 돈이면 좋은 선물을 살 수 있을 거야."

아냥이 말했다.

문제는 뭘 사야 좋을지 모른다는 거였다.

"사탕이 든 상자나 초콜릿빵을 사자."

언제나 먹을 것 생각만 하는 뚱보 알세스트가 말했다. 하지만 우린 반대였다. 먹을 것을 사면 모두 한 입씩 먹어보려고 할 거고, 그러면 선생님 몫은 하나도 안 남을 테니까 말이다.

"아빠가 모피 코트를 사줬을 때 우리 엄마가 엄청 좋아하던데."

조프루아가 말했다. 모피 코트가 딱 좋을 것 같았다. 하지만 조프루아가 모피 코트는 분명히 5천2백7 프랑보다는 비쌀 거라고 했다. 자기 엄마가 정말 너무너무 좋아했으니까 틀림없을 거라고 했다.

"책을 사면 어떨까?"

아냥이 말했다. 정말 웃기는 생각이었다. 아냥은 정말 바보다!

"만년필은?"

외드가 말했다. 이번엔 클로테르가 화를 냈다. 항상 꼴찌만 하는 클로테르 말이다. 클로테르는, 자기가 돈을 내서 산 만년필로 선생님이 자기에게 나쁜 점수를 매기게 될 텐데, 그건 너무 심한 일이라고 했다.

"우리집 근처에 선물 가게가 하나 있는데, 정말 멋진 물건들이 많아. 거기 가면 틀림없이 멋진 선물이 있을 거야."

뤼퓌스가 말했다.

좋은 생각이었다. 학교가 파한 뒤 다같이 그 가게에 가보기로 했다.

가게 앞에 도착해서 유리창 안을 들여다보았다. 아주 멋졌다. 굉장한 선물들이 참

많았다. 작은 조각상들, 가장자리가 구불구불하게 생긴, 유리로 된 샐러드 접시, 집에서는 잘 쓰지 않는 희한한 모양의 물병, 포크 나이프 세트, 그리고 추시계도 있었다. 가장 멋진 건 조각상이었다. 기분이 안 좋아 보이는 말 두 마리를 멈추려고 하는 팬티만 입은 남자 조각상도 있었고, 활을 쏘려고 하는 여자 조각상도 있었다. 활에 줄은 안 달려 있었다. 하지만 굉장히 잘 만들어서 꼭 줄이 달려 있는 것만 같았다. 그 조각상은 등에 화살을 맞아 다리를 질질 끌고 있는 사자 조각상하고 잘 어울렸다. 성큼성큼 걸어가는 검정색 호랑이 조각상도 두 개 있었고 보이 스카우트 조각상, 작은 개, 그리고 코끼리 조각상도 있었다. 가게 주인 아저씨가 의심스러운 표정으로 계속 우리를 지켜보았다.

우리가 가게 안으로 들어가니까 주인 아저씨가 손을 휘휘 내저으며 다가왔다.

"자, 자, 여기는 노는 데가 아니야!"

아저씨가 말했다.

"우린 놀려고 온 거 아니에요. 선물 사려고 왔단 말이에요."

알세스트가 말했다.

"우리 담임 선생님 선물요."

내가 덧붙였다.

"돈도 있어요."

조프루아도 한마디 했다.

아냥이 주머니에서 5천2백7 프랑을 꺼내 아저씨 코앞에 들이밀었다.

"좋아. 하지만 아무것도 만지면 안 된다." 아저씨가 말했다.

"이거 얼마예요?"

클로테르가 선반 위에 놓여 있던 말 두 마리를 집으면서 말했다.

"조심해! 내려놔. 그건 깨지기 쉬운 거야!" 아저씨가 소리쳤다.

걱정을 할 만도 했다. 클로테르는 조심성이 없어서 물건을 잘 망가뜨리니까 말이다. 기분이 상한 클로테르는 조각상을 제자리에 내려놓다가 팔꿈치로 코끼리 조각상을 밀치고 말았다. 다행히 바닥에 떨어지기 전에 아저씨가 붙잡았다. 우리는 여기저기 둘러보았고 아저씨는 "안 돼, 안 돼! 만지지 마! 깨지겠다!" 하고 소리를 지르며 가게 안을 뛰어다녔다. 나는 아저씨 때문에 걱정이 되었다. 깨지는 것만 놓여 있는 가게 안에서 일하는 건 굉장히 신경질 나는 일일 것 같았다. 도저히 안 되겠는지 아저씨는 우리보고 모두 열중 쉬어를 하고 서 있으라고 했다. 그리고 사고 싶은 걸 자기한테 말하라고 했다.

"5천2백7 프랑으로 살 수 있는 멋진 게 뭐가 있어요?"

조아생이 물었다. 아저씨는 주변을 둘러보더니, 진열장에서 색깔이 칠해진 보이 스카우트 조각상 두 개를 꺼냈다. 꼭 진짜 같았다. 시장에서도, 사격장에서도 그렇게 멋진 건 본 적이 없었다.

"5천 프랑이면 이걸 살 수 있다."

아저씨가 말했다.

"우리가 생각했던 값보다 싼데."

아냥이 말했다.

"나는 저 말이 더 좋아."

클로테르가 말하더니 선반 위에 있던 말 조각상을 다시 집으러 갔다. 하지만 아저씨가 먼저 집어서 팔 안에 감춰버렸다.

"자, 애들아, 이 보이 스카우트 상이 좋겠다. 살래, 말래?"

아저씨가 말했다. 아저씨가 장난이 아닌 것 같아서 우리는 사겠다고 했다. 아냥이 아저씨한테 5천 프랑을 냈고, 우리는 보이 스카우트 조각상을 들고 밖으로 나왔다.

밖으로 나오자마자 우리는 선물을 갖고 있다가 내일 선생님한테 전해줄 사람을 정하기 위해 토론을 벌였다.

"내가 갖고 있어야지. 내가 돈을 제일 많이 냈잖아."

조프루아가 말했다.

"나는 일등이야. 그러니까 내가 선생님한테 선물을 드려야 돼."

아냥이 말했다.

"그래, 이 귀염둥이 바보야."

뤼퓌스가 말했다.

아냥은 울면서 자기는 정말 불행하다고 했다. 하지만 보통 때처럼 땅바닥을 구르면서 울지는 않았다. 손에 보이 스카우트 조각상을 들고 있어서, 그걸 깨뜨리면 큰일나기 때문이다. 뤼퓌스, 외드, 조프루아, 조아생이 서로 싸우고 있는 동안 나한테 좋은 생각이 떠올랐다. 동전을 던져서 누가 선생님한테 선물을 줄지 결정하는 거다. 시간이 많이 걸리지는 않았지만 동전 두 개를 하수구에 빠뜨리고 말았다. 뽑힌 사람은 클로테르였다. 좀 황당했다. 클로테르는 뭐든지 잘 망가뜨리는데, 과연 선생님한테 선물을 줄 때까지 아무 일도 없을지 걱정이 되었기 때문이다. 그래도 우리는 클로테르한테 보이 스카우트 조각상을 주었다. 외드가, 깨뜨리기만 하는 날엔 코에 주먹을 날려주겠다고 경고했다. 클로테르는 조심하겠다고 말하고는, 혀를 내민 채 선물을 들고 조심조심 걸어서 집으로 갔다. 2백5 프랑이 남아 있었다. 우리는 그걸로 초콜릿빵을 사먹었다. 그래서 저녁 먹을 때도 별로 배가 고프지 않았다. 엄마 아빠 들은 우리가 어디 아픈 게 아닌가 생각했다.

다음날 모두 걱정을 하면서 학교에 왔다. 하지만 클로테르가 보이 스카우트 조각상을 무사히 들고 오는 것이 보이자 마음이 놓였다.

“어젯밤에 한잠도 못 잤어. 조각상이 탁자 위에서 떨어질까 봐 말이야.” 클로테르가 말했다. 교실에서 클로테르는 책상 밑에 놓아둔 선물이 그대로 있나 자꾸 고개를 숙여 쳐다보았다. 나는 정말

질투가 났다. 클로테르가 선생님한테 선물을 주면 선생님은 기분이 좋아서 클로테르를 안아줄 거고, 그러면 클로테르는 좋아서 얼굴이 빨개질 거니까 말이다. 선생님은 기분이 좋을 땐 정말 예쁘다. 거의 우리 엄마만큼이나 예쁘다.

"클로테르, 책상 밑에 감춰둔 게 뭐지?"

선생님이 물었다. 그리고 나서 선생님은 화난 얼굴로 클로테르 쪽으로 다가왔다.

"자, 이리 내봐!"

선생님이 말했다. 클로테르는 선생님한테 선물을 주었다. 하지만 선생님은 그걸 보더니 "선생님이 학교에 이런 쓸데없는 물건은 가져오지 말라고 말했지? 수업 끝날 때까지 압수하겠어. 그리고 클로테르는 벌을 받아야겠다" 하고 말했다.

우리는 나중에 가게에 가서 보이 스카우트 조각상을 돈으로 돌려받으려고 했지만 그럴 수가 없었다. 클로테르가 가게 바로 앞에서 손에 들고 있던 보이 스카우트 조각상을 놓쳐서 그만 깨져버렸기 때문이다.

팔을 다친 클로테르

클로테르가 집에서 빨간 장난감 트럭을 밟고 넘어지는 바람에 팔이 부러졌다. 우리들은 모두 많이 걱정했다. 클로테르는 우리의 친구고, 또 그 빨간 트럭은, 나도 본 적이 있는데, 정말 멋지기 때문이다. 헤드라이트에 불도 들어온다. 하지만 클로테르가 밟았다면 다시 고치기는 힘들 거다.

우리는 모두 함께 클로테르네 집에 가보았다. 그런데 클로테르 엄마는 우리를 못 들어가게 했다. 우리는 우리가 클로테르의 친구들이고, 모두 클로테르와 잘 안다고 말했다. 클로테르 엄마는 자기도 우리들을 잘 알지만, 클로테르에게는 휴식이 필요하다고 했다.

　그런데 오늘 클로테르가 다시 학교에 나왔다. 우리는 정말 기분이 좋았다. 클로테르는 수건 비슷하게 생긴 걸로 팔을 싸서 목에다 걸고 있었다. 영화에서 남자 주인공이 팔을 다쳤을 때 하는 것처럼 말이다. 영화에서 남자 주인공은 항상 팔이나 어깨를 다친다. 수업이 시작되고 나서 30분쯤 지났을 때 클로테르가 들어와서, 지각해서 죄송하다고 말하려고 선생님 앞으로 나갔다. 하지만 선생님은 클로테르를 혼내지 않고 이렇게 말했다.

　"다시 만나게 돼서 반갑다, 클로테르. 팔에 깁스를 하고도 학교에 나오다니 아주 용감하구나. 빨리 나았으면 좋겠다."

　클로테르는 눈이 휘둥그레졌다. 반에서 꼴찌여서 선생님이 자기한테 그런 식으로 말하는 것에 익숙하지 않았기 때문이다. 더군다나 지각까지 했는데 말이다. 놀란 클로테르가 입을 벌린 채 가만히 서 있자, 선생님은 어서 자리로 가서 앉으라고 했다.

　클로테르가 자기 자리에 앉자 우리들은 클로테르한테 많이 아팠냐고, 팔에 한 그 딱딱한 건 뭐냐고 한꺼번에 물어보기 시작했다. 물론 다시 보게 되어서 반갑다는 말도 했다. 하지만 선생님은 친구 좀 가만히 내버려두라고, 선생님은 이런 일 때문에 수업 분위기가 흐트러지는 걸 원치 않는다고 소리를 질렀다.

　"히야, 이젠 쟤한테 말도 못 걸겠네……."

　조프루아가 말했다. 그러자 선생님이 조프루아한테 일어서 있으라고 벌을 주었다. 클로테르는 혀를 낼름거리며 좋아했다.

"받아쓰기를 하겠어요."

선생님이 말했다.

우리는 공책을 꺼냈고, 클로테르도 한 손으로 자기 책가방에서 공책을 꺼내려고 했다.

"내가 도와줄까?"

클로테르 옆에 앉은 조아생이 물었다.

"너한테 해달라고 안 했어."

클로테르가 대답했다. 선생님이 클로테르를 보더니, "아니다, 클로테르. 너는 받아쓰기 하지 말고 쉬어라" 하고 말했다. 그 말을 들은 클로테르는 가방에서 공책을 꺼내려다 말고 슬픈 표정을 지었다. 받아쓰기를 안 하게 된 것이 굉장히 유감인 것처럼 말이다. 오늘따라 받아쓰기는 엄청 어려웠다. '미나리아재비' '쌍떡잎 식물' 처럼 어려운 말들이 무더기로 나와서 모두 틀렸다. 제대로 쓴 사람은 아냥밖에 없었다. 아냥은

반에서 일등이고 선생님의 귀염둥이다. 나는 어려운 단어가 나올 때마다 클로테르의 얼굴을 쳐다보았는데, 그때마다 클로테르는 희희낙락했다.

쉬는 시간을 알리는 종이 울렸다. 클로테르가 제일 먼저 일어났다.

"클로테르는 팔이 아프니까 운동장엔 안 나가는 게 좋겠다."

선생님이 말했다.

클로테르는 받아쓰기 안 해도 된다는 말을 들었을 때와 똑같은 표정을 지었다. 하지만 이번이 좀더 황당한 표정이었다.

"의사 선생님이 바깥 공기를 쐬어야 한다고 그랬어요. 안 그러면 더 나빠질 거라고요."

클로테르가 말했다. 선생님은 그러면 조심해서 놀라고 했다. 선생님은 클로테르를 제일 먼저 나가게 했다. 누가 계단에서 클로테르를 밀치기라도 할까 봐 말이다. 우리를 운동장으로 내보내기 전에 선생님은 한참 동안 우리한테 충고를 했다. 조심해야 되

고, 거친 놀이는 하지 말아야 하며, 클로테르가 아프지 않게 잘 보호해주어야 한다고 했다. 그러는 바람에 쉬는 시간이 많이 지나버렸다. 운동장으로 내려갔는데, 클로테르가 눈에 띄지 않았다. 여기저기 찾아보았더니 다른 반 애들하고 등 짚고 뛰어넘기 놀이를 하고 있었다. 전부 바보 같은 애들이어서 우리는 그애들을 싫어한다.

우리는 다함께 클로테르한테 가서 질문을 해댔다. 모두들 자기한테 관심을 가져주니까 클로테르는 아주 좋아했다. 클로테르한테 그 빨간 트럭이 완전히 망가져버렸냐고 물어보았다. 클로테르는 그렇다고 했다. 하지만 아파서 누워 있는 동안 사람들이 자기를 위로하려고 선물을 많이 갖다 주었다고 했다. 장난감 요트, 카드 놀이 세트, 자동차, 기차를 받았고, 다른 장난감이랑 바꿀 생각이긴 하지만 책도 몇 권 받았다고 했다. 사람들이 다들 자기한테 너무 잘해준다고 했다. 의사 선생님은 항상 과자를 갖다 주고, 엄마 아빠는 자기 방에 텔레비전을 갖다 놓아주었으며, 그 밖에 맛있는 것들도 많이 준다고 했다. 먹을 것에 대해 이야기하자 알세스트는 배고파했다. 먹는 걸 엄청 좋아하는 친구 말이다. 알세스트는 주머니에서 커다란 초콜릿 한 덩어리를 꺼내더니 깨물어 먹기 시작했다. "그거 한 조각만 줄래?" 클로테르가 물었다. "싫어." 알세스트가 대답했다. "난 팔이 아픈데?……" 클로테르가 말했다. "난 눈이 아파." 알세스트가 응수했다. 클로테르는 기분이 상한 것 같았다. 팔이 아픈 자기를 우리가 이용하고 있으며, 만약 자기가 다른 애들처럼 팔이 성해서 주먹을 날릴 수 있다면 자기를 이런 식으로 대접하지는 못할 거라고 소리쳤다. 그때 학생주임 선생님이 달려왔다.

"무슨 일이냐?"

학생주임 선생님이 물었다.

"팔이 아프다고 얘가 나를 무시해요."

클로테르가 알세스트를 손가락으로 가리키며 말했다. 알세스트는 화가 나서 식식거렸다. 뭔가 말하려고 했지만, 입 안이 초콜릿으로 가득 차 있어서 입을 열자 초콜릿이 사방으로 튀었다. 뭐라고 하는 건지 하나도 알아들을 수가 없었다.

"몸이 불편하다고 친구를 무시하다니, 넌 부끄럽지도 않니? 그 자리에 그대로 서 있어!"

학생주임 선생님이 알세스트에게 말했다.

"꼴 좋다!"

클로테르가 의기양양해서 말했다.

"야!"

그때서야 초콜릿을 다 삼킨 알세스트가 입을 열었다.

“장난치고 놀다가 팔이 부러졌다고 무조건 먹을 것을 줘야 하니?”

“맞아. 앞으로 우리는 쟤한테 말 붙일 때마다 벌을 받게 될 거라구. 정말 골칫거리야. 저 팔 말이야!”

조프루아가 맞장구를 쳤다.

아주 슬픈 눈으로 우리를 바라보던 학생주임 선생님이 아빠가 엄마에게 군대 시절 친구들 모임에 가야 한다고 말할 때 같은 아주 부드러운 목소리로 말했다.

“너희들은 참 동정심이 없구나. 나는 너희가 아직 어리고 순수하다고 생각했는데, 지금 너희들의 태도를 보니 정말 가슴이 아프다.”

말을 마친 학생주임 선생님이 갑자기 큰 소리로 외쳤다.

“모두 그 자리에 서 있어!”

모두 다 서 있는 벌을 받아야 했다. 아냥까지 말이다. 아냥은 처음으로 벌을 받는 거여서 어떻게 하는 건지 몰랐다. 그래서 우리가 어떻게 하는 건지 알려주었다. 모두 다 서 있었다. 물론 클로테르는 빼고 말이다. 학생주임 선생님은 클로테르의 머리를 쓰다듬어주고, 팔이 많이 아픈지 물어보았다. 클로테르는 아직도 많이 아프다고 대답했다. 잠시 후 학생주임 선생님은 싸우고 있는 다른 애들한테로 가버렸다. 클로테르는 잠깐 동안 벌서고 있는 우리를 구경하며 놀려대다가 다시 등 짚고 뛰어넘기 놀이를 하러 갔다.

집에 돌아가서도 기분이 영 안 좋았다. 집에 있던 아빠가

무슨 일이냐고 물었다. 그래서 나는 소리쳤다.

"정말 불공평해요! 왜 나는 팔이 안 부러지는 거죠?"

아빠는 눈을 휘둥그레 뜨고 나를 바라보았고, 나는 뾰로통해져서 내 방으로 올라갔다.

카슐레

건강 진단

오늘 아침엔 학교에 가지 않았다. 하지만 별로 신나지 않았다. 어디 아픈 데가 없는지 정신이 이상하지는 않은지 진단을 받기 위해 보건소에 가야 했기 때문이다. 학교에서 건강 진단에 대한 가정 통신문을 한 장씩 나눠주었다. 엄마 아빠한테 보여주라고 했다. 예방접종 증명서랑 통지표도 같이 나눠주었다. 선생님은 우리가 테스트를 받게 될 거라고 했다. 테스트란 정신이 이상하지 않은지 알아보기 위해 작은 그림을 그려보게 하는 거라고 했다.

엄마와 함께 보건소에 도착하니, 뤼퓌스, 조프루아, 외드, 알세스트가 벌써 와 있었다. 모두들 장난도 치지 않고 얌전히 앉아 있었다. 나는 의사 선생님이 있는 곳이 무섭다. 온통 하얗고 약냄새가 난다. 모두 엄마랑 함께 와 있었다. 조프루아만 빼고 말이다. 걔는 아빠의 운전기사인 알베르 아저씨랑 같이 왔다. 조금 있으니까 클로테르, 맥상, 조아생, 아냥이 엄마랑 함께 왔다. 아냥은 시끄럽게 울면서 들어왔다. 하얀 옷을 입은 아주 친절한 아줌마가 엄마들을 부르더니, 예방접종 증명서를 걷어갔다. 그리고는 곧 의사 선생님이 오실 테니까 너무 초조해하지 말라고 했다. 엄마들이 이야기를 시작했다. 정말 귀엽다고 하면서 손으로 우리 머리를 쓰다듬기도 했다. 조프루아네 운전기사 아저씨는 커다란 검정색 차를 닦기 위해 다시 밖으로 나갔다.

"우리 애는 도무지 먹지를 않아요. 신경이 너무 예민해서요."

뤼퓌스 엄마가 말했다.

"우리 아이는 반대예요. 오히려 먹지 못했을 때 신경이 예민해지거든요."

알세스트 엄마가 말했다.

"제 생각엔 말이죠."

클로테르 엄마가 끼어들었다.

"학교에서 공부를 너무 많이 시키는 것 같아요. 참 터무니없는 일이죠. 우리 애가 따라가지를 못 한다니까요. 우리가 어릴 때는……."

"오! 몰랐어요, 클로테르 어머니. 우리 아이는 쉽게 따라가거든요. 물론 아이에 따라 다르겠지만요…… 아냥, 그만 울음 그치지 않으면 모두들 보는 앞에서 볼기짝을 때려줄 거야!"

아냥 엄마가 말했다.

"물론 공부는 잘하겠지요, 부인."

클로테르 엄마가 응수했다.

"하지만 아냥은 너무 얌전하기만 한 것 같아요, 안 그런가요?"

아냥 엄마는 클로테르 엄마 말에 기분이 상한 것 같았다. 하지만 아냥 엄마가 뭐라고 대답을 하려고 할 때 하얀 옷을 입은 아줌마가 와서 이제 시작하겠으니 모두 옷을 벗으라고 했다. 아냥 엄마가 놀라서 소리를 지르는 걸 보니 아냥 몸이 많이 아픈 것 같았다. 그 모습을 보고 클로테르 엄마가 웃었다. 의사 선생님이 들어왔다.

"무슨 일인가요?"

의사 선생님이 물었다.

"학생들 건강 진단이 있는 날이군. 학생들이 오는 날은 언제나 끔찍해! 애들아, 조용히 해라. 안 그러면 너희 선생님한테 벌을 주라고 할 테니까. 자, 빨리 옷 벗어라!"

우리는 옷을 벗었다. 사람들이 보는 앞에서 옷을 몽땅 벗으니까 정말 웃겼다. 엄마들은 우리를 유심히 쳐다보았다. 꼭 우리 엄마가 생선 가게 주인한테 생선이 싱싱하지 않다고 말할 때 짓는 것 같은 표정이었다.

"얘들아, 이제 저 옆방으로 가라. 의사 선생님이 검사를 할 거니까."

하얀 옷을 입은 아줌마가 말했다.

"난 엄마 옆에 있을 거예요."

아냥이 소리질렀다. 아냥은 옷은 다 벗고 안경만 그대로 끼고 있었다.

"좋아. 어머니, 같이 들어와서 아이 좀 진정시켜주세요."

하얀 옷을 입은 아줌마가 말했다.

"아! 잠깐만요. 저도 들어가면 안 되나요?"

클로테르 엄마가 물었다.

"나도요, 나도 알베르 아저씨랑 같이 들어갈래요."

조프루아가 소리쳤다.

"야, 너 미쳤냐?"

외드가 끼어들었다.

"너 그 말 다시 한번 해봐."

조프루아가 화가 나서 외쳤다. 그러자 외드가 조프루아 코에 주먹을 날렸다.

"알베르 아저씨!"

외드에게 얻어맞은 조프루아가 다급하게 외쳤다. 알베르 아저씨가 달려왔다. 의사 선생님도 달려왔다.

"믿을 수가 없어! 오 분 전에는 아픈 애가 있더니, 이젠 코피 나는 애가 다 있고. 이 건 보건소가 아니라 아예 전쟁터군."

의사 선생님이 말했다.

"의사 선생님, 저는 자동차에도 책임이 있지만, 이 아이한테도 책임이 있습니다. 이 아이를 상처 없이 저희 사장님한테 데려다줘야 한다구요. 아시겠어요?"

알베르 아저씨가 의사 선생님에게 말했다.

의사 선생님은 알베르 아저씨를 쳐다보며 뭐라고 말을 하려다가 다시 입을 다물었다. 그리고 우리들과 아냥 엄마를 검사실로 들어가게 했다.

몸무게부터 쟀다.

의사 선생님이 "자, 너부터 하자" 하면서 알세스트를 가리켰다. 알세스트는 의사 선생님한테 초콜릿빵을 다 먹고 나서 재도 되냐고 물었다. 빵을 넣을 주머니가 없었기 때문이다. 의사 선생님은 한숨을 쉬더니, 대신 나를 저울 위로 올라가게 했다. 조아생이 내 몸무게를 더 많이 나가게 하려고 저울에 자기 다리 한쪽을 올려놓았다가 의사 선생님한테 혼이 났다. 아냥은 몸무게를 재지 않으려고 했지만, 엄마가 선물을 사주겠다고 하자 벌벌 떨면서 저울 위로 올라갔다. 몸무게 재는 게 끝나자마자 아냥은 울면서 엄마한테 달려갔다. 뤼퓌스와 클로테르는 장난을 치고 싶어서 저울 위에 같이 올라가려고 했다. 의사 선생님이 그애들을 혼내고 있는데, 조프루아가 코를 얻어맞은 걸 복수하려고 외드를 발로 걷어찼다. 의사 선생님은 화가 났다. 제발 그만들 하라면서 계속 장난을 치면 모두 감옥에 보내겠다고 했다. 자기 아버지가 자기한테 충고한 것처럼 변호사가 되는 게 훨씬 나았을 뻔했다고도 했다.

그리고는 의사 선생님은 우리한테 혀를 내밀어보라고 했다. 기계로 가슴에서 나는 소리를 들어보기도 하고, 기침을 해보라고 하기도 했다. 알세스트는 기침할 때 빵조각이 튀어나와서 의사 선생님한테 야단을 맞았다.

우리 모두를 차례로 검사하고 나서 의사 선생님은 우리한테 탁자 위에 앉으라고 하더니, 종이와 연필을 주면서 말했다.

"애들아, 여기에다 지금 머릿속에 생각나는 것을 그려라. 그리고 경고하겠는데, 지금부터 맨 처음으로 장난을 치는 녀석은 볼기짝을 때려줄 거다. 잘 기억해둬라!"

"저는 알베르 아저씨를 부르고 싶은데요." 조프루아가 소리쳤다.

"그림부터 그려!"

의사 선생님도 소리를 질렀다.

우리는 다같이 그림을 그렸다. 나는 초콜릿 케이크를 그렸고, 알세스트는 툴루즈 식 카술레(프랑스 랑그도크 지방의 스튜―옮긴이)를 그렸다. 나한테 초콜릿 케이크를 그리라고 말해준 건 알세스트였다. 내가 무얼 그려야 할지 잘 생각이 안 난다고 했기 때문이다. 아냥은 도와 도청 소재지가 표시된 프랑스 지도를 그렸다. 외드와 맥상은 말 탄 카우보이를 그렸다. 조프루아는 주변에 자동차가 잔뜩 세워져 있는 성을 그렸다. 그리고 '우리집' 이라고 썼다. 클로테르는 아무것도 그리지 않았다. 자기는 아무 말도 못 들었고 아무 준비도 못 했기 때문이라고 했다. 뤼퓌스는 옷을 홀딱 벗은 아냥을 그리고, 그 밑에 '아냥은 귀염둥이 바보다' 라고 썼다. 그걸 본 아냥은 울기 시작했다. 외드가 "의사 선생님! 맥상이 내 그림을 베꼈어요!" 하고 소리를 질렀다. 정말 굉장했다. 우리는 모두 함께 떠들고 놀리고 했다. 아냥은 울었고, 외드와 맥상은 싸웠다. 엄마들과 알베르 아저씨가 달려왔다.

우리가 보건소에서 나가면서 보니, 의사 선생님은 탁자 끝에 앉아서 아무 말도 못하고 크게 한숨을 내쉬고 있었다. 하얀 옷을 입은 아줌마가 물과 알약을 갖다 주었다. 의사 선생님은 알약을 먹고 나서 종이 위에 권총을 그렸다.

의사 선생님은 참 바보다!

방학이 시작되는 날

교장 선생님이 흥분된 마음으로 우리가 떠나는 걸 지켜본다고 말했다. 그리고 우리도 자기와 함께 그 들뜬 마음을 함께 할 거라고 확신한다며, 우리가 정말로 멋진 여름방학을 보내기를 바란다고 말했다. 방학이 끝나고 다시 학교로 돌아오면 새로운 기분으로 열심히 공부해야 한다고도 말했다. 교장 선생님이 말을 마치자 종업식은 끝났다.

멋진 종업식이었다. 우리는 옷을 멋지게 차려입은 엄마 아빠와 함께 학교에 도착했다. 반짝반짝하는 천으로 된 셔츠와 파란 양복도 입었다. 나는 빨간색과 초록색으로 된 넥타이를 맸다. 그 넥타이는 엄마가 아빠한테 사준 것인데, 더럼이 탈까 봐 아빠가 잘 매지 않는 것이었다. 바보 아냥이 하얀 장갑을 끼고 왔길래 우리들이 다같이 놀려 주었다. 뤼퓌스만 빼고 말이다. 뤼퓌스는 경찰인 자기 아빠도 하얀 장갑을 자주 낀다며, 하얀 장갑을 끼는 건 전혀 우스운 일이 아니라고 했다. 또 우리는 모두 머리카락을 찰싹 달라붙게 빗었다. 그런데 내 머리는 자꾸 삐죽삐죽 섰다. 귀도 깨끗이 씻고 손톱도 깎았다. 정말 끔찍했다.

나랑 친구들은 종업식을 정말 기다려왔다. 상 받는 것 때문에 그런 건 아니었다. 상 받는 것에 대해선 오히려 걱정이 되었다. 종업식이 끝나고 나면 방학이고, 그러면 학교에 안 가도 되기 때문에 그런 거였다. 나는 며칠 또 며칠 전부터 아빠한테, 곧 있으면 방학이라고, 우리는 어디로 놀러 갈 거냐고 물었다. 다른 친구들은 다 어디로 놀러 갈 건지 정해져서, 학교에 와서 자랑을 했기 때문이다. 아빠가 아무 말도 안 해서 내가 울었더니, 아빠는 조용히 하라며 내가 아빠를 미치게 한다고 그랬다.

상은 모두 다 탔다. 반에서 일등이고 선생님의 귀염둥이인 아냥은 산수상, 역사상, 지리상, 문법상, 받아쓰기상, 과학상, 그리고 품행상을 탔다. 아냥은 정말 바보다. 힘이 세고 주먹 날리는 걸 좋아하는 외드는 체육상을 탔다. 먹는 걸 좋아하는 뚱보 알세스트는 개근상을 탔다. 개근상은 하루도 안 빠지고 학교에 매일매일 나온 사람한테 주는 상이다. 알세스트는 그 상을 받을 만하다. 그애 엄마가 그애가 집에 있을 때 부엌에만 있는다며 싫어해서 그애는 차라리 학교에 오는 걸

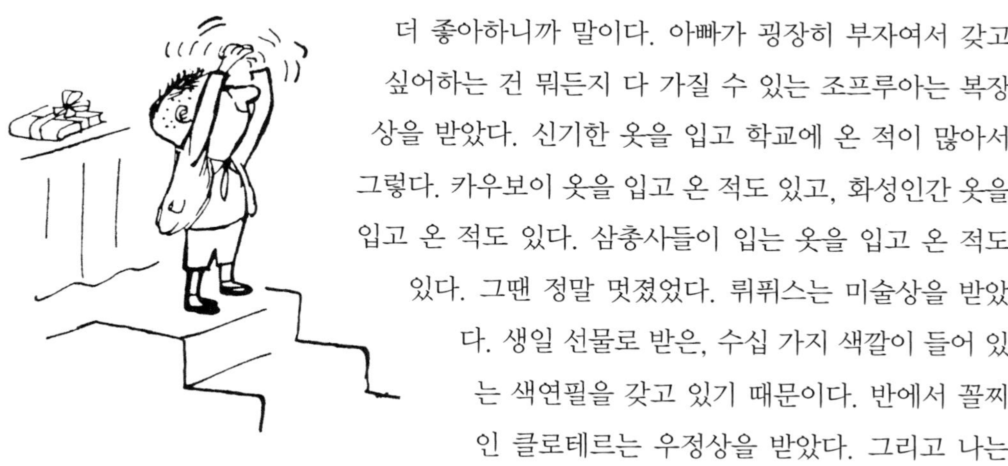

더 좋아하니까 말이다. 아빠가 굉장히 부자여서 갖고 싶어하는 건 뭐든지 다 가질 수 있는 조프루아는 복장상을 받았다. 신기한 옷을 입고 학교에 온 적이 많아서 그렇다. 카우보이 옷을 입고 온 적도 있고, 화성인간 옷을 입고 온 적도 있다. 삼총사들이 입는 옷을 입고 온 적도 있다. 그땐 정말 멋졌었다. 뤼퓌스는 미술상을 받았다. 생일 선물로 받은, 수십 가지 색깔이 들어 있는 색연필을 갖고 있기 때문이다. 반에서 꼴찌인 클로테르는 우정상을 받았다. 그리고 나는 표현력상을 받았다. 아빠는 아주 기분 좋아했다. 하지만 선생님이 그 상은 잘해서 주는 게 아니고 많이 해서 주는 상이니, 집에서 많이 지도해주라고 말했을 땐 좀 실망한 것 같았다. 나는 표현력상이 뭔지 나중에 아빠한테 제대로 설명해줘야겠다고 생각했다.

선생님도 상을 받았다. 아이들이 선생님 드리라고 아빠들이 사준 선물을 갖다 주었던 거다. 만년필 열네 자루하고 콤팩트 여덟 개였다. 선생님 기분이 참 좋아 보였다. 선생님은 이런 좋은 선물은 한 번도 받아본 적이 없고 앞으로도 못 받아볼 거라고 말하고는 우리를 껴안아주었다. 그리고 방학 숙제 잘하고, 얌전하게 굴고, 엄마 아빠 말씀 잘 듣고, 잘 놀고, 선생님한테 엽서도 보내라고 말하고는 우리와 헤어졌다. 우리는 모두 학교 밖으로 나왔다. 엄마 아빠들은 길에 서서 이야기를 하기 시작했다. 엄청 여러 가지 이야기를 했다. "그 집 아이는 공부를 참 잘했더군요." "우리 애는 많이 아팠어요." "우리 애는 게을러서 걱정이에요. 뭐든지 쉽게만 하려고 한다니까요." "제가 애네들 나이였을 땐 항상 일등만 했답니다. 하지만 요즘 애들은 텔레비전 때문에 공부엔 도통 관심이 없는 것 같아요." 엄마 아빠 들은 우리 머리를 쓰다듬거나 톡톡 쳐서 손에 머릿기름이 묻었다. 엄마 아빠 들은 손수건을 꺼내 손을 닦았다.

모두들 아냥을 쳐다보았다. 상으로 받은 책들을 손에 들고 머리에는 월계수 관을 쓰고 있었기 때문이다. 교장 선생님이 아냥한테 관을 쓴 채로 잠자리에 들지 말라고 했다. 내년에 다시 써야 하는데 구겨질까 봐 그러는 것 같았다. 그 말을 할 때 교장 선생님 표정이 꼭 우리 엄마가 나한테 베고니아를 밟지 말라고 할 때 짓는 것 같은 표정이었기 때문에 알 수 있었다. 조프루아 아빠가 다른 아빠들한테 커다란 시가를 나눠주었는데, 아빠들은 시가를 그냥 가지고만 있었다. 엄마들은 일 년 동안 우리가 했던 일들을 재미있게 웃으면서 이야기했다. 우리는 놀랐다. 왜냐하면 우리가 그 일들을 했을 때 엄마들은 전혀 웃지 않았고 오히려 화를 내며 따귀를 때렸기 때문이다. 친구들과 나는 방학 때 할 재미있는 일들을 이야기했다. 클로테르가 자기는 작년처럼 물에 빠진 사람을 구해줄 거라고 했을 땐 기분이 잡쳤다. 나는 클로테르에게 너는 거짓말쟁이라고 말해주었다. 내가 수영장에서 클로테르를 본 적이 있는데, 그애는 수영을 할 줄 몰랐다. 그래가지고는 배영으로 헤엄치고 있는 사람도 못 구할 것 같았다. 클로테르가 우정상 상품으로 받은 책으로 내 머리를 때렸다. 그걸 보고 뤼퓌스가 웃길래 나는 뤼퓌스의 따귀를 때려주었다. 그러자 뤼퓌스는 울면서 발로 외드를 걷어찼다. 우리는 서

로를 밀쳐대며 재미있게 놀았다. 엄마 아빠 들이 달려와서 우리 손을 붙잡고 끌어냈다. 너희들은 정말 구제불능이라고, 부끄러운 줄 좀 알라고 했다. 각자 자기 엄마 아빠 손을 잡고 집으로 돌아갔다.

나는 집으로 돌아오면서 속으로 학기가 끝나서 정말 신난다고 생각했다. 한 달 넘게 공부도 안 하고, 숙제도 안 하고, 벌도 안 받고, 쉬는 시간도 없고, 친구들도 못 보고, 다같이 장난도 못 치고…… 그러다 보니 이젠 혼자라는 생각이 들었다.

"니콜라, 왜 아무 말도 안 하니? 드디어 기다리던 방학이잖아!"

아빠가 말했다.

그 말을 듣자 갑자기 눈물이 나서 나는 엉엉 울었다. 아빠는 내가 또 아빠를 미치게 할 작정인가 보다고 말했다.

최정수

연세대학교 불어불문학과와 동대학원을 졸업했다. 현재는 전문번역가로 활동하고 있다.『연금술사』
『단순한 열정』『숨쉬어』, 그림책『내 나무 아래에서』『키리쿠와 마녀』 등을 우리말로 옮겼다.

니콜라 시리즈 2권
꼬마 니콜라의 쉬는 시간

1판 1쇄 1999년 12월 5일 | 1판 29쇄 2023년 9월 5일
지은이 장 자크 상페 · 르네 고시니 | 옮긴이 최정수
편집 최정수 | 마케팅 정민호 서지화 한민아 이민경 안남영 김수현 왕지경 황승현 김혜원 김하연
브랜딩 함유지 함근아 고보미 박민재 김희숙 정승민 배진성
저작권 박지영 형소진 최은진 서연주 오서영 | 제작 강신은 김동욱 이순호 | 제작처 한영문화사
펴낸곳 (주)문학동네 | 펴낸이 김소영 | 출판등록 1993년 10월 22일 제2003-000045호
주소 10881 경기도 파주시 회동길 210
전자우편 kids@munhak.com | 홈페이지 www.munhak.com | 카페 cafe.naver.com/mhdn
북클럽 bookclubmunhak.com | 트위터 @kidsmunhak | 인스타그램 @kidsmunhak
대표전화 (031)955-8888 | 팩스 (031)955-8855 | 문의전화 (031)955-3576(마케팅) (02)3144-3236(편집)

ISBN 89-8281-241-5 04860 | 89-8281-239-3(세트)

잘못된 책은 구입하신 서점에서 교환해 드립니다. 기타 교환 문의: (031)955-2661, 3580